상상력을 키우는 **한국**
현대문학
입문

외국인 유학생을 위한 한국문학의 이해와 감상

상상력을 키우는 한국 현대문학 입문

김경훤·이종호·임수경·조은정 지음

성균관대학교
출판부

머리말

　최근 한국 대학에서는 유학생 수가 많아짐에 따라 그들의 학업 능력에 대한 관심도 높아지고 있다. 일반 목적의 한국어와 대학에서 필요한 학문 목적의 한국어는 그 내용과 수준에 큰 차이가 있다. 유학생의 원만한 대학 생활을 위해서는 한국어 교육원에서 배웠던 일상생활의 영위를 위한 기초적 한국어 능력만으로는 부족하다. 대학에서 이루어지는 의사소통은 격식적인 상황에서 문어 중심으로 진행되는 특징이 있기 때문이다. 또한 일반교양 지식은 물론 전문 지식을 학습할 수 있는 정도의 한국어 능력도 필요하다. 이러한 언어 능력을 제대로 갖추지 못한다면 유학생들이 대학 생활을 제대로 영위하기 힘들다. 그리고 무엇보다도 대학에서의 수학 능력을 극대화하기 위해서는 학습 언어 능력을 키우는 것이 시급하고 필수적이다.

　이러한 문제의식을 바탕으로 성균관대학교 학부대학에서는 〈유학생을 위한 한국어 교재〉 시리즈를 개발하여 세상에 내놓았다. 이 시리즈는 유학생들이 대학의 학업을 성공적으로 수행하도록 돕는 데에 목표를 두고 있다. 대학에서 필요한 한국어 의사소통 능력과 함께 학업에 필요한 실제적인 기술들을 중심으로 구성하였으므로 학습 과정 동안 점진적으로 한국어 능력은 물론 학업 능력까지 자연스럽게 향상될 것으로 믿는다.

　『상상력을 키우는 한국 현대문학 입문』은 〈유학생을 위한 한국어 교재〉 시리즈 가운데 심화 선택 과정에 해당한다. 이 책은 좀 더 높은 수준의 한국어 능력을 함양하고자 하는 유학생들이 한국의 주요한 문학작품을 감상하며 문학의 기초를 다질 수 있도록 하였다. 문학작품은 모국어 학습과 외국어 학습 모두에서 효과적인 학습 자료이다. 문학작품에는 그 사회의 문화적 · 역사적 경험이 충실하게 반영되어 있으며, 이를 바탕으로 하는 비유적·상징적 표현 또한 포함되어 있기 때문이다. 한국 현대문학 작품에 대한 이해와 감상을 통해 한국어 능력의 향상은 물론 한국 문화와 역사에 대한 이해의 심화를 이룰 수 있을 것이다.

이 책은 문학이란 문학인가, 시의 이해, 소설의 이해, 한국문학의 흐름 등 네 부분으로 구성되었다. 문학에 대한 전반적인 개념을 다양한 성격의 작품을 통해 학습한 후 현대문학의 주요한 장르인 시와 소설을 감상할 수 있도록 했다. 시의 이해에서는 김소월, 정지용, 한용운, 이상 등의 시를 감상하면서 시의 운율, 심상, 세계관 및 형식 등을 학습한다. 소설의 이해에서는 이광수, 이효석, 주요섭, 황순원의 소설을 살펴보면서 소설의 인물, 배경, 시점 그리고 해석 방법 등을 배우게 된다. 마지막으로 한국문학의 흐름에서는 현진건, 윤동주, 채만식, 하근찬, 김수영 등의 작품을 통해 한국문학의 역사적 전개를 살펴봄으로써 문학적 언어를 바탕으로 한국 근현대의 문화 및 역사에 심층적으로 접근해 볼 수 있을 것이다.

이 책을 통해 학습자들이 한국어 능력의 향상, 한국의 역사와 문화에 대한 폭넓은 이해, 한국 현대문학에 대한 심도 있는 탐구를 도모해 볼 수 있길 기대한다. 아울러 이 교재와 〈유학생을 위한 한국어 교재〉 시리즈를 통해 유학생들이 학업 능력을 향상하여 한국에서 대학 생활을 만족스럽게 즐기고, 학업 성과도 크게 거두기를 바란다.

마지막으로, 교재 준비 단계부터 집필의 전 과정에서 작업이 수월하게 진행될 수 있도록 많은 도움을 주신 학부대학 김재현 학장님과 실무 관계자들께 감사드린다. 또한 저자의 한 사람으로서 이 교재의 집필에 참여해 주신 여러 선생님께 진심으로 감사의 마음을 전한다. 덧붙여 이 교재들은 교육 프로그램과 관련되어 있어서 여러 종류의 교재 출판이 동시에 진행될 수밖에 없었다. 사정이 이러함에도 불구하고 출판 일정, 삽화, 교열 교정까지 꼼꼼하게 점검해 주신 성균관대학교 출판부 관계자 여러분께도 감사드린다.

2024년 8월
공동 저자 대표 김경훤

일러두기

1. 『상상력을 키우는 한국 현대문학 입문』은 외국인 유학생을 위한 문학 입문 교재이다. 이 교재는 문학이란 무엇인가, 시의 이해, 소설의 이해, 한국 문학의 흐름으로 구성하였으며 각 단원은 주요한 문학 이론과 그 이론에 해당하는 작품으로 배치하였다.

2. 『상상력을 키우는 한국 현대문학 입문』은 유학생을 대상으로 대학 수업에서 사용할 목적으로 개발되었다. 강의 시간을 고려하여 150분(3시수)에 한 단원 수업이 가능하도록 하였다. 한 단원은 '들어가기 → 작품 읽기 1 → 작품 읽기 2 → 생각해 보기 → 더 알아보기'로 구성하였다.

3. 작품은 원문 본래의 의미를 해치지 않는 선에서 한글 맞춤법에 의거하여 현대문으로 수정하였다.

4. 단원별 세부 내용은 다음과 같다.

들어가기

- 해당 단원에서 다루는 문학 이론과 작가, 작품에 대한 개괄적 내용을 제시하였다.

파란색 단어는 어려운 단어를 뜻풀이하여 제시하였다.
분홍색 단어는 작품 이해를 위한 보충 자료의 성격을 지닌다.

작품 읽기

작품 읽기 1

(가) 예로부터 사람들은 문학이 즐거움을 주는 것이냐 아니면 효용을 주는 것이냐 하는 문제를 가지고 씨름해 왔는데, 이것도 이러한 구분... 거움의 근원에 대하여 묻는 것은 불가피하게 그 효용에 대하여... 고, 또 이것은 즐거움이 어떻게 하여 곧바로 효용에 관계되는가... 일이다.

이러한 즐거움과 효용의 일치를 강조할 필요가 있다. 왜냐하면... 두 개가 분리되어서만 존재하는 소외된 세계에 살기 때문에, 이... 이해하기 어려운 것으로 생각하기 쉽기 때문이다. (중략) 그러나... 비친 바와 같이, 이상적 상태에서 사람의 행동은 그것 자체로 즐... 며, 동시에 삶의 기능과 보람을 높이는 것이 될 수 있다. 문학의... 러한 곳에서 찾아질 수 있는 것이 아닌가 한다. 그것은, 다시 말... 삶의 깊은 충동에 관계된다는 것을 말하는 것이다. 그러니까, 문... 어디에서 오는 것인가를 따져 보는 일은 그것이 어떻게 삶의 깊... 관계되는가를 살펴보는 일과 같은 일이 될 수 있다.

그러면 문학의 즐거움은 어디에서 오는가? 이것이 단순히 피상... 아니라 우리의 실존적 관심에서 나오는 것임은 당연하다.

(나) 보다 넓은 의미의 이야기, 가령 소설과 같은 것도 동화와... 담고 있는 것일까? 세련됨이나 복잡성의 차이는 있을망정 일단... 할 수 있다. 다만 우리는 교훈의 방식에 대하여 더 자세하게 생각... 우리는 우선 동화나 이야기가 실존적 교훈을 주는 것이라고 하여... 훈이 결코 추상적이고 일반적인 명제로 표현된 것이 아니라 어디...

1. 실존은 개별자로서 자기의 존재를 자각적으로 물으면서 존재하는 인간의 주체적인 삶...
2. ─더랗게. ─을망정은 '비록 그러하지만 그러나' 혹은 '비록 그러하다 하여도 그러나'에 가...

16

작품 읽기 2

(다) 이야기 또는 문학의 일반적인 의미를 말할 때에도 우리는 경험적 평균성과 형식적 가능성에 관계된 규범성을 생각해 볼 수 있다. 이야기나 문학에서 우리는 사람이란 대개 어떤 것이라든지, 지금 세상 형편이 어떻다든지 또는 어떤 계급의 사람, 어떤 직업의 사람이 어떻게 살며 느낀다든지 하는 일반적 지식을 얻을 수 있다. 그러나 동시에 우리는 문학에서 어떤 사람이 어떤 일을 했을 때 어떤 결과가 있을 것인가 하는 어떤 행동의 가능한 전개에 대한 성찰을 보기도 한다. 어떤 청년이 하나의 철학적 편견과 경제적 빈곤으로 하여 사회적으로 아무 쓸모가 없는 것으로 보이는 노인을 살해할 때 어떤 심리적, 사회적, 개인적 결과가 따를 것인가─ 이러한 문제를 소설은 전개할 수 있다. 다만 이 경우에 가능성의 탐구가 논리적 명제의 절대성에 이른다는 것은 불가능하다. 어떠한 인간 행위의 경우에도 그에 관계되는 요인들은 너무나 많고 또 이러한 요인들을 종합하여 일정한 행위의 궤적을 만들어내는 행동자의 선택은 너무도 다양하다. 그럼에도 가능한 선택의, 필연적이라고까지는 하지 않더라도 그럴싸한 전개가 있으리라는 것은 생각해 볼 수 있는 것이다. 문학이 어떻게 매우 구체적인 체험을 다루면서 동시에 일반적 의미를 띨 수 있느냐 하는 문제는 자주 논의되는 것인데, 이 경우의 일반적 의미란, 평균적이고 대표적인 사례를 보여주는 일에도 관계되고 다른 한편으로는 어떤 특정한 삶의 문제가 가질 수 있는 가능성의 한계를 밝히는 일에도 관계되는 것으로 옮겨 볼 수 있다. 그런데 사실상 문학적 탐구는 후자의 면이 더 강한 것이 아닌가 여겨진다.

(라) 이야기 또는 일반적으로 문학이 삶의 가능성 또는 이 가능성의 한계를 탐구한다고 할 때, 이를 사람의 자유로운 행동에 대한 현실의 궁극적인 제약에...

5. 궤적은 어떠한 일을 이루어 온 과정이나 흔적을 말한다.
6. 그럴싸하다는 제법 그럴듯고 여길 만하다는 의미이다.

- 소설은 한 작가의 작품 한 편, 시는 한 작가의 작품 두 편을 대상으로 하였다.
- 작품 이해를 위한 질문과 함께 상상력을 기를 수 있는 다양한 질문으로 구성하였다.

생각해 보기

- 작품 읽기 1, 2에 제시된 작품에 대해 다양한 측면으로 접근하여, 비판적 사고를 기르고 삶의 문제를 성찰해 보도록 하였다.
- 친구들과 모둠 활동을 하여 작품을 풍부하게 읽을 수 있도록 하였다.

더 알아보기

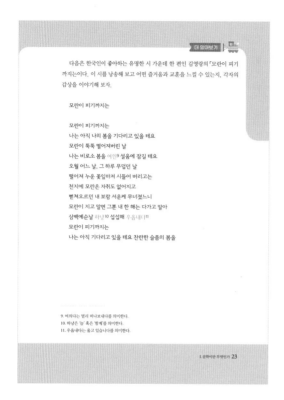

다음은 한국인이 좋아하는 유명한 시 가운데 한 편인 김영랑의 「모란이 피기까지는」이다. 이 시를 낭송해 보고 어떤 즐거움과 교훈을 느낄 수 있는지, 각자의 감상을 이야기해 보자.

모란이 피기까지는

모란이 피기까지는
나는 아직 나의 봄을 기다리고 있을 테요
모란이 뚝뚝 떨어져버린 날
나는 비로소 봄을 여읜[9] 설움에 잠길 테요
오월 어느 날, 그 하루 무덥던 날
떨어져 누운 꽃잎마저 시들어 버리고는
천지에 모란은 자취도 없어지고
뻗쳐오르던 내 보람 서운케 무너졌느니
모란이 지고 말면 그뿐 내 한 해는 다가고 말아
삼백예순날 하냥[10] 섭섭해 우옵내다[11]
모란이 피기까지는
나는 아직 기다리고 있을 테요 찬란한 슬픔의 봄을

9. 여의다는 영리 떠나보내다를 의미한다.
10. 하냥은 '늘' 혹은 '함께'를 의미한다.
11. 우옵내다는 울고 있습니다를 의미한다.

• 작품과 관련된 정보를 제시하여 작품을 좀 더 심층적으로 읽도록 하였다.

CONTENTS

문학이란 무엇인가

1 문학의 가치:
김우창 「문학의 즐거움과 쓰임」

들어가기

〈출처 공유마당〉

　『표준국어대사전』에서는 '문학'을 사상이나 감정을 언어로 표현한 예술이라고 정의하고 있다. 문학은 언어를 표현 수단으로 삼는다는 점에서 음악, 미술, 무용 등 다른 예술들과 구별된다. 그리고 문학의 언어는 일상의 언어보다는 함축적이며 정서적인 특성을 보여 준다.

문학은 우리를 낯선 상상의 세계로 인도한다. 아름답고 기발한 상상의 세계는 그 자체로 우리에게 즐거움을 준다. 우리는 문학을 통해 지루하고 답답한 일상생활에서 벗어나는 즐거움을 맛볼 수 있는 것이다. 그런데 문학이 보여 주는 상상의 세계는 우리의 삶이나 현실과 동떨어져 있지 않다. 삶과 현실의 숨겨진 의미와 지혜, 그리고 삶에 대한 통찰과 가르침이 문학 속에 들어 있다. 우리는 문학을 통해 낯선 세계를 간접 체험하면서 삶의 기쁨과 고통, 즐거움과 슬픔 등을 느끼기도 하고 삶에 대한 지혜와 가르침을 배우기도 한다.

김우창의 「문학의 즐거움과 쓰임」은 문학이 즐거움을 주는 것이냐 아니면 교훈을 주는 것이냐 하는 문학의 가치에 대해 살펴보고 있는 글이다. 이 글을 읽으면서 문학의 즐거움과 효용의 관계에 대해서 생각해 보자.

(가) 예로부터 사람들은 문학이 즐거움을 주는 것이냐 아니면 교훈을 주는 것이냐 하는 문제를 가지고 씨름해 왔는데, 이것도 이러한 구분을 넘어 이 즐거움의 근원에 대하여 묻는 것은 불가피하게 그 효용에 대하여 따지는 것이고, 또 이것은 즐거움이 어떻게 하여 곧바로 효용에 관계되는가를 생각하는 일이다.

이러한 즐거움과 효용의 일치는 강조할 필요가 있다. 왜냐하면 우리는 이 두 개가 분리되어서만 존재하는 소외된 세계에 살기 때문에, 이 둘의 일치를 이해하기 어려운 것으로 생각하기 쉽기 때문이다. (…중략…) 그러나 이미 위에서 비친 바와 같이, 이상적 상태에서 사람의 행동은 그것 자체로 즐거울 수 있으며, 동시에 삶의 기능과 보람을 높이는 것이 될 수 있다. 문학의 참 재미도 이러한 곳에서 찾아질 수 있는 것이 아닌가 한다. 그것은, 다시 말하여, 문학이 삶의 깊은 충동에 관계된다는 것을 말하는 것이다. 그러니까, 문학의 재미가 어디에서 오는 것인가를 따져 보는 일은 그것이 어떻게 삶의 깊은 움직임에 관계되는가를 살펴보는 일과 같은 일이 될 수 있다.

그러면 문학의 즐거움은 어디에서 오는가? 이것이 단순히 피상적인 자극이 아니라 우리의 실존[1]적 관심에서 나오는 것임은 당연하다.

(나) 보다 넓은 의미의 이야기, 가령 소설과 같은 것도 동화와 같은 교훈을 담고 있는 것일까? 세련됨이나 복합성의 차이는 있을망정[2] 일단 그렇다고 말할 수 있다. 다만 우리는 교훈의 방식에 대하여 더 자세하게 생각하여야 한다. 우리는 우선 동화나 이야기가 실존적 교훈을 주는 것이라고 하여도, 이때의 교훈이 결코 추상적이고 일반적인 명제로 표현된 것이 아니라 어디까지나 이야

---

1. 실존은 개별자로서 자기의 존재를 자각적으로 물으면서 존재하는 인간의 주체적인 상태를 말한다.
2. −ㄹ망정, −을망정은 '비록 그러하지만 그러나' 혹은 '비록 그러하다 하여도 그러나'에 가까운 의미이다.

기의 이야기로서의 면모를 손상시키지 않는 형태를 띤다는 점에 주목하여야 한다. 그 교훈은 이야기 속에 숨어 있는 것이다. 숨겨놓은 것이 아니라 정말 찾아도 찾아내기 어렵거나 여러 가지 형태로 애매하게밖에 포착되지 않는 것으로 암시될 뿐이다. (…중략…) 우리가 듣고 보는 이야기는 우리의 체험에 형태와 질서를 부여하고 일정하게 알아볼 수 있는 것이 되게 한다. 그러나 알아보는 일은, 모든 능숙한 이야기꾼과 시인들이 잘 알고 있듯이, 암시를 통하여 이루어지는 경우가 가장 효과적이다. 그때 그것은 단순한 지식도 아니고 불투명한 체험도 아닌 것으로서 우리의 의식 속에 자리하게 된다.

이야기의 즐거움은 이러한 조건하에서 교훈에 이어져 있다. 그러나 다시 이 교훈이, 교훈이 아니라 이야기가 되어야 하는 이유는 무엇보다도 우리의 삶에 대한 관심이 실천적이라는 데 있다. 우리는 살아가면서 구체적인 문제에 부딪치고 이에 대한 구체적인 해결책을 추구한다. 물론 이것은 일반적 명제로부터 연역3될 수도 있다. 그러나 우리는 사례나 모범이나 시범으로부터 더 쉽게 배운다. (…중략…)

「라푼젤」4에서 어린아이가 배우는 것은 위에서 말한 바와 같이, 자신의 힘, 자신의 육체에 대한 자신감일 수 있다. 그러나 어린아이가 여기에서 현실 삶에 있어서 직접적으로 구체적인 문제의 해결을 얻거나 그에 대한 해결책을 얻는다고 할 수는 없다. 잘 생각해 보면, 그가 배우는 것은 문제의 해결책보다는 문제의 해결에 필요한 어떤 태도이다. 이 태도는 어떤 특정한 문제에 대한 비교적 구체적인 태도일 수도 있고 일반적으로 어떤 일에 대한 또는 인생 전체에 대한 태도일 수도 있다.

---

3. 연역은 일반적인 사실이나 원리를 전제로 하여 개별적인 사실이나 보다 특수한 다른 원리를 이끌어 내는 추리를 이른다.
4. 『라푼젤(Rapunzel)』은 그림(Grimm) 형제가 모은 동화집에 수록된 독일 동화이다.

1. 문학의 효용에 관한 (가)의 중심 내용을 정리해 보자.

2. (가)의 내용을 참고하여 문학의 즐거움은 어디에서 비롯되는 것인지 논의해 보자.

3. (나)에 따르면 문학이 교훈을 담는 가장 바람직한 방식은 어떤 것인지 이야기해 보자.

(다) 이야기 또는 문학의 일반적인 의미를 말할 때에도 우리는 경험적 평균성과 형식적 가능성에 관계된 규범성을 생각해 볼 수 있다. 이야기나 문학에서 우리는 사람이란 대개 어떤 것이라든지, 지금 세상 형편이 어떻다든지 또는 어떤 계급의 사람, 어떤 직업의 사람이 어떻게 살며 느낀다든지 하는 일반적 지식을 얻을 수 있다. 그러나 동시에 우리는 문학에서 어떤 사람이 어떤 일을 했을 때 어떤 결과가 있을 것인가 하는 어떤 행동의 가능한 전개에 대한 성찰을 보기도 한다. 어떤 청년이 하나의 철학적 편견과 경제적 빈곤으로 하여 사회적으로 아무 쓸모가 없는 것으로 보이는 노인을 살해했을 때 어떤 심리적, 사회적, 개인적 결과가 따를 것인가— 이러한 문제를 소설은 전개할 수 있다. 다만 이 경우에 가능성의 탐구가 논리적 명제의 절대성에 이른다는 것은 불가능하다. 어떠한 인간 행위의 경우에도 그에 관계되는 요인들은 너무나 많고 또 이러한 요인들을 종합하여 일정한 행위의 궤적⁵을 만들어내는 행동자의 선택은 너무도 다양하다. 그럼에도 가능한 선택의, 필연적이라고까지는 하지 않더라도 그럴싸한⁶ 전개가 있으리라는 것은 생각해 볼 수 있는 것이다. 문학이 어떻게 매우 구체적인 체험을 다루면서 동시에 일반적 의미를 띨 수 있느냐 하는 문제는 자주 논의되는 것인데, 이 경우의 일반적 의미란, 평균적이고 대표적인 사례를 보여주는 일에도 관계되고 다른 한편으로는 어떤 특정한 삶의 문제가 가질 수 있는 가능성의 한계를 밝히는 일에도 관계되는 것으로 옮겨 볼 수 있다. 그런데 사실상 문학적 탐구는 후자의 면이 더 강한 것이 아닌가 여겨진다.

(라) 이야기 또는 일반적으로 문학이 삶의 가능성 또는 이 가능성의 한계를 탐구한다고 할 때, 이를 사람의 자유로운 행동에 대한 현실의 궁극적인 제약에

---

5. 궤적은 어떠한 일을 이루어 온 과정이나 흔적을 말한다.
6. 그럴싸하다는 제법 그렇다고 여길 만하다는 의미이다.

대한 탐구에 한정하는 것은 매우 일방적인 관찰에 불과하다. ㉠문학은 현실의
탐색이지만, 이에 못지않게 그것을 넘어서는 자유에 대한 탐색이다. 비극에
대해 언급하면서도 우리는, 어쩌면 비극이 삶의 한계를 더듬어 보는 일에 관
계되는 것일 것이라고 했지만, 이러한 탐색의 다른 동기는 극한적 한계에도
불구하고 사람이 이를 극복할 수 있다는 보장을 얻으려는 것이다. 다시 말해
결국은 현실의 탐색은 현실에의 순응과 함께 현실의 극복을 목표로 하는 것이
다. 그리하여 그것은 현실 원칙을 좇으면서도 희망의 차원을 지니게 마련이
다. 그러나 '극복'이라는 말에 들어 있는 희망은 너무나 비장한 느낌을 준다.
사실 문학은 이것보다도 훨씬 더 순탄한7 의미에서, 희망에, 달리 말하여 삶
의 가능성에 관계되어 있다. 꿈을 그리는 것이 문학이라는 상식적 문학관8은
일리가 있는 문학관이다. 물론 이런 경우에도 꿈은 단순한 환상으로서보다는
삶의 가능성으로 이해되는 것이 옳을 것이다.

이 삶의 가능성의 한 표현은 우리가 삶에 대하여 갖는 신비감에서 발견된
다. 삶은 대체로 완전히 잊어버린 것, 알아 버린 것들로 이루어진 것이 아니
라 무엇인가 새로운 것, 새로운 가능성을 지닌 것이라는 느낌이 우리의 삶을
살 만한 것이 되게 한다. 문학의 매력은 이미지의 가능성에 대한 느낌을 살려
나가는 데에서 발휘된다.

7. 순탄하다는 아무 탈 없이 순조롭다는 의미이다.
8. 문학관은 문학에 관한 소견을 말한다.

1. 문학이 매우 구체적인 체험을 다루면서 동시에 일반적인 의미를 띨 수 있느냐 하는 문제는 자주 논의되는 것이다. 문학의 일반적인 의미에 대한 (다)의 중심 내용을 정리해 보자.

2. 문학이 삶의 가능성을 탐구한다고 할 때 (라)의 ㉠이 함의하는 바는 무엇인지 이야기해 보자.

3. (라)의 내용을 참고하여 우리의 삶이 살 만한 것이 되게 하기 위해 문학이 할 수 있는 일은 무엇인지 논의해 보자.

1. 문학은 우리가 살아가는 데 의식주처럼 꼭 필요하지는 않다. 하지만 우리는
   문학 작품을 찾아서 읽으려고 한다. 그 이유는 무엇일지 생각해 보자.

2. 지금까지 살아오면서, 읽은 문학 작품 가운데 '즐거움을 준 작품'이나 '교훈을
   준 작품'에 무엇이 있는지 생각해 보자. 그리고 '즐거움'과 '교훈' 모두를 느낄
   수 있었던 작품이 있다면 그 작품에 대해서도 이야기해 보자.

다음은 한국인이 좋아하는 유명한 시 가운데 한 편인 김영랑의 「모란이 피기까지는」(1934)이다. 이 시를 낭송해 보고 어떤 즐거움과 교훈을 느낄 수 있는지, 각자의 감상을 이야기해 보자.

모란이 피기까지는

모란이 피기까지는
나는 아직 나의 봄을 기다리고 있을 테요
모란이 뚝뚝 떨어져버린 날
나는 비로소 봄을 여읜9 설움에 잠길 테요
오월 어느 날, 그 하루 무덥던 날
떨어져 누운 꽃잎마저 시들어 버리고는
천지에 모란은 자취도 없어지고
뻗쳐오르던 내 보람 서운케 무너졌느니
모란이 지고 말면 그뿐 내 한 해는 다가고 말아
삼백예순날 하냥10 섭섭해 우옵내다11
모란이 피기까지는
나는 아직 기다리고 있을 테요 찬란한 슬픔의 봄을

....

9. 여의다는 멀리 떠나보내다를 의미한다.
10. 하냥은 '늘' 혹은 '함께'를 의미한다.
11. 우옵내다는 울고 있습니다를 의미한다.

2 작가와 작품:
심훈 「감옥에서 어머님께 올린 글월」

〈1949년 한성도서주식회사에서 나온 『그날이 오면』
에 수록된 심훈의 모습. 출처 국회도서관〉

〈1951년 한성도서주식회사에서 나온 『그날이 오면』
표지. 출처 국립중앙도서관〉

　작가는 생산자로서 작품이라는 결과물을 만들어 낸다. 문학 작품의 생산과정
에서 활용되는 모든 것은 작가의 삶과 관련을 맺고 있다. 작품에 등장하는 언어

는 작가가 일상생활에서 사용하는 언어와 연결되어 있으며, 작품에 담긴 이야기에는 작가의 직접적·간접적 체험이 녹아 있다. 또한 작가의 사유나 사상에 근거하여 작품의 주제가 형성되기도 하며, 작가의 취향과 습관 등이 작품의 정서와 분위기에 영향을 주기도 한다.

　　일제강점기에 활발히 문학 활동을 전개한 심훈은 소설 『상록수』와 시 「그날이 오면」으로 잘 알려져 있는 작가이다. 그는 1919년 18세 때 학생 신분으로, 일본의 식민지 지배에 저항하는 3·1운동에 참여한다. 3월 5일 남대문 학생시위에 참가하였다가 체포된 심훈은 약 8개월 동안 감옥살이를 하게 된다. 「감옥에서 어머님께 올린 글월」은 그가 감옥에서 어머니께 보내는 편지로, 작가의 실제 삶과 생각이 구체적으로 담겨 있는 수필이다.

　　문학 작품을 잘 이해하기 위해서는 작가에 관해 관심을 기울일 필요가 있다. 심훈의 「감옥에서 어머님께 올린 글월」을 읽으며 당시 그가 어떠한 상황에 처해 있었으며, 어머님께 전달하고자 했던 바가 무엇인지 알아보자. 나아가 이 작품을 그의 시 「그날이 오면」과 함께 감상하며, 두 작품에 공통으로 나타나는 작가의 생각은 무엇인지 살펴보자.

어머님!

오늘 아침에 고의적삼[12] 차입해[13] 주신 것을 받고서야 제가 이곳에 와 있는 것을 집에서도 아신 줄 알았습니다. 잠시도 엄마의 곁을 떠나지 않던 막내둥이의 생사를 한 달 동안이나 아득히 아실 길 없으셨으니 그 동안에 오죽이나 애를 태우셨겠습니까[14]?

그러하오나 저는 이곳까지 굴러 오는 동안에 꿈에도 생각지 못하던 고생을 겪었건만 그래도 몸 성히 배포 유하게[15] 큰집[16]에 와서 지냅니다. 쇠고랑을 차고 용수[17]는 썼을망정 난생처음으로 자동차에다가 보호 순사까지 앉히고 거들먹거리며 남산 밑에서 무학재 밑까지 내려 굵는 맛이란 바로 개선문으로 들어가는 듯하였습니다.

어머님!

제가 들어 있는 방은 28호실인데 성명 3자도 떼어 버리고 2007호로만 행세합니다. 두 간도 못 되는 방 속에 열아홉 명이나 비웃[18] 두름[19] 엮이듯 했는데 그중에는 목사님도 있고 시골서 온 상투쟁이[20]도 있고요, 우리 할아버지처럼 수염 잘난 천도교 도사도 계십니다. 그밖에는 그날 함께 날뛰던 저의 동무들인데 제 나이가 제일 어려서 귀염을 받는답니다.

---

12. 고의적삼은 여름에 입는 홑바지와 저고리를 말한다.
13. 차입(差入)하다는 교도소나 구치소에 갇힌 사람에게 음식, 의복, 돈 따위를 들여보내다는 의미이다.
14. 애를 태우다는 몹시 속이 상하도록 어려움을 겪게 하다는 의미이다.
15. 배포(排布) 유(柔)하다란 서두르거나 조급하게 굴지 않고 성미가 유들유들하다는 의미이다.
16. 여기서 큰집은 은어로 교도소, 감옥을 이르는 말이다.
17. 용수는 죄수의 얼굴을 보지 못하도록 머리에 씌우는 둥근 통 같은 기구를 말한다.
18. 비웃은 청어(靑魚)를 식료품으로 이르는 말이다.
19. 두름은 조기 따위의 물고기를 짚으로 한 줄에 열 마리씩 두 줄로 엮은 것을 의미한다.
20. 상투쟁이는 상투를 튼 사람을 낮잡아 이르는 말이다.

어머님!

날이 몹시도 더워서 풀 한 포기 없는 감옥 마당에 뙤약볕이 내리쪼이고 주황빛의 벽돌담은 화로 속처럼 달고 방 속에는 똥통이 끓습니다. 밤이면 가뜩이나 다리도 뻗어 보지 못하는데 빈대, 벼룩이 다투어 가며 짓무른 살을 뜯습니다. 그래서 한 달 동안이나 쪼그리고 앉은 채 날밤을 새웠습니다. 그렇건만 대단히 이상한 일이 있지 않겠습니까? ㉠생지옥 속에 있으면서 하나도 괴로워하는 사람이 없습니다. 누구의 눈초리에나 뉘우침과 슬픈 빛이 보이지 않고 도리어 그 눈들은 샛별과 같이 빛나고 있습니다그려!

더구나 노인네의 얼굴은 앞날을 점치는 선지자[21]처럼 고행하는 도승[22]처럼 그 표정조차 엄숙합니다. 날마다 이른 아침 전등불이 꺼지는 것을 신호 삼아 몇 천 명이 같은 시간에 마음을 모아서 정성껏 같은 발원으로 기도를 올릴 때면 극성맞은 간수[23]도 칼자루 소리를 내지 못하며 감히 들여다보지도 못하고 발꿈치를 돌립니다.

어머님!

우리가 천 번 만 번 기도를 올리기로서니 굳게 닫힌 옥문이 저절로 열려질 리는 없겠지요. 우리가 아무리 목을 놓고 울며 부르짖어도 크나큰 소원이 하루아침에 이루어질 리도 없겠지요. 그러나 마음을 합하는 것처럼 큰 힘은 없습니다. 한데 뭉쳐 행동을 같이하는 것처럼 무서운 것은 없습니다. 우리들은 언제나 그 큰 힘을 믿고 있습니다.

생사를 같이 할 것을 누구나 맹세하고 있으니까요……. 그러기에 나이 어린 저까지도 이러한 고초를 그다지 괴로워하여 하소연해 본 적이 없습니다.

---

21. 선지자(先知者)는 남보다 먼저 깨달아 아는 사람을 말한다.
22. 도승(道僧)은 불도를 닦아 깨달은 승려를 말한다.
23. 간수(看守)는 교도소에서 수용자의 교정과 수용 전반의 업무를 담당하는 관리를 말한다.

어머님!

어머님께서는 조금도 저를 위하여 근심하지 마십시오. 지금 조선에는 우리 어머님 같으신 어머니가 몇천 분이요, 또 몇만 분이나 계시지 않습니까? 그리고 어머님께서도 이 땅의 이슬을 받고 자라나신 공로 많고 소중한 따님의 한 분이시고, 저는 어머니보다도 더 크신 어머니를 위하여 한 몸을 바치려는 영광스러운 이 땅의 사나이외다.

콩밥을 먹는다고 끼니때마다 눈물겨워 하지도 마십시오. 어머님이 마당에서 절구에 메주를 찧으실 때면 그 곁에서 한 주먹씩 주워 먹고 배탈이 나던, 그렇게도 삶은 콩을 좋아하던 제가 아닙니까? 한 알만 마루 위에 떨어지면 흘금흘금 쳐다보고 다른 사람이 먹을세라 주워 먹기 한 버릇이 되었습니다.

어머님!

오늘 아침에는 목사님한테 사식[24]이 들어왔는데 첫술을 뜨다가 목이 메어 넘기지를 못합니다. 그도 그럴 것이외다. 아내는 태중에 놀라서 병들어 눕고 열두 살 먹은 어린 딸이 아침마다 옥문 밖으로 쌀을 날라다가 지어 드리는 밥이라 합니다. 저도 돌아앉으며 남모르게 소매를 적셨습니다.

---

24 사식(私食)이란 교도소나 유치장에 갇힌 사람에게 사사로이 마련하여 들여보내는 음식을 의미한다.

1. 작가가 처한 상황을 알 수 있는 부분을 찾아보자.

ⓐ

ⓑ

ⓒ

ⓓ

ⓔ

ⓕ

2. ㉠과 같이 감옥에 갇혀서도, 그 눈들이 "샛별과 같이 빛나고 있었"던 이유는 무엇일지 논의해 보자.

3. 작가가 이 글을 쓴 목적을 본문에서 찾아 써 보자.

어머님!

며칠 전에는 생후 처음으로 감방 속에서 죽는 사람의 임종[25]을 같이하였습니다. 돌아간 사람은 먼 시골의 무슨 교를 믿는 노인이었는데, 경찰서에서 다리 하나를 못 쓰게 되어 나와서 이곳에 온 뒤에도 밤이면 몹시 앓았습니다. 병감[26]은 만원이라고 옮겨 주지도 않고, 쇠잔한[27] 몸에 그 독은 나날이 뼈에 사무쳐 어제는 아침부터 신음하는 소리가 더 높았습니다.

밤이 깊어 악박골 약물터에서 단소 부는 소리도 그쳤을 때, 그는 가슴에 손을 얹고 가쁜 숨을 몰아쉬기 시작했습니다. 우리는 모두 일어나 그의 머리맡을 에워싸고 앉아서 죽음의 그림자가 시시각각으로 덮쳐 오는 그의 얼굴을 묵묵히 지키고 있었습니다.

그는 희미한 눈초리로 5촉밖에 안 되는 전등을 멀거니 쳐다보면서 무슨 깊은 생각에 잠긴 듯 추억의 날개를 펴서 기구한 일생을 더듬는 듯하였습니다. 그의 호흡이 점점 가빠지는 것을 본 저는 무릎을 베게 삼아 거의 머리를 괴었더니, 그는 떨리는 손을 더듬더듬하여 제 손을 찾아 쥐더이다. 금세 운명을 할 노인의 손아귀 힘이 어쩌면 그다지도 굳셀까요, 전기나 통한 듯이 뜨거울까요?

어머님!

그는 마지막 힘을 다하여 몸을 벌떡 솟구치더니 "여러분!"하고 큰 목소리로 무겁게 입을 열었습니다. 찢어질 듯이 긴장된 얼굴의 힘줄과 표정이 그날 수천 명 교도 앞에서 연설을 할 때의 그 목소리가 이와 같이 우렁찼을 것입니다. 그러나 우리는 마침내 그의 연설을 듣지 못했습니다. "여러분!"하고는 뒤미처 목에 가래가 끓어올랐기 때문에……

---

25. 임종(臨終)은 죽음을 맞이함을 뜻하거나 웃어른이 돌아가실 때 그 곁을 지키고 있음을 의미한다.
26. 병감(病監)은 교도소에서 병든 죄수를 따로 두는 감방을 말한다.
27. 쇠잔하다는 쇠하여 힘이나 세력이 점점 약해지다는 의미이다.

그러면서도 그는 우리에게 무엇을 바라는 것 같았습니다. 그래서 어느 한 분이 유언할 것이 없느냐 물으매 그는 조용히 머리를 흔들어 보이나 그래도 흐려지는 눈은 꼭 무엇을 애원하는 듯합니다마는, 그의 마지막 소청[28]을 들어 줄 그 무엇이나 우리가 가졌겠습니까? ㉠우리는 약속이나 한 듯이 나직나직한 목소리로 그날에 여럿이 떼 지어 부르던 노래를 일제히 부르기 시작했습니다. 떨리는 목소리로 첫 절도 다 부르기 전에 설움이 북받쳐서, 그와 같은 신도인 상투 달린 사람은 목을 놓고 울더이다.

어머님!

그가 애원하던 것은 그 노래가 틀림없었을 것입니다. 우리는 최후의 일각의 원혼을 위로하기에는 가슴 한복판을 울리는 그 노래밖에 없었습니다. 후렴이 끝나자 그는 한 덩이 시뻘건 선지피[29]를 제 옷자락에 토하고는 영영 숨이 끊어지고 말더이다.

그러나 야릇한 미소를 띤 그의 영혼은 우리가 부른 노래에 고이고이 싸이고 받들려 쇠창살을 새어 나가서 새벽하늘로 올라갔을 것입니다. 저는 감지 못한 그의 두 눈을 쓰다듬어 내리고 날이 밝도록 그의 머리를 제 무릎에서 내려놓지 않았습니다.

어머님!

생각하면 생각할수록 새록새록 아프고 쓰라렸던 지난날의 모든 일을 큰 모험 삼아 몰래몰래 적어 두는 이 글월[30]에 어찌 다 시원스러이 사뢰올[31] 수가 있사오리까? 이제야 겨우 가시밭을 밟기 시작한 저로서는 어느 새부터 이만

----

28. 소청(所請)은 남에게 청하거나 바라는 일을 의미한다.
29. 선지피란 생생한 피를 의미한다.
30. 글월은 글이나 문장을 의미하거나 편지를 달리 이르는 말이다.
31. 사뢰다란 웃어른에게 말씀을 올리다는 의미이다.

고생을 호소할 것이오리까?

　오늘은 아침부터 창대32같이 쏟아지는 비에 더위가 씻겨 내리고 높은 담 안에 시원한 바람이 휘돕니다. 병든 누에같이 늘어졌던 감방 속의 여러 사람도 하나 둘 생기가 나서 목침돌림33 이야기에 꽃이 핍니다.

　어머님!
　며칠 동안이나 비밀히 적은 이 글월을 들키지 않고 내어보낼 궁리를 하는 동안에 비는 어느덧 멈추고 날은 오늘도 저물어 갑니다.
　구름 걷힌 하늘을 우러러 어머니의 건강을 비올 때, 비 뒤의 신록34은 담 밖에 더욱 아름답사온 듯 먼 촌의 개구리 소리만 철창에 들리나이다.

1919. 8. 29.

1. 윗글에서 계절의 배경을 알 수 있게 해주는 단어들을 찾아보자.

32. 창대는 창의 길고 굵은 자루를 의미한다.
33. 목침돌림이란 여럿이 모인 자리에서 목침(木枕)을 돌려, 차례가 된 사람이 옛이야기나 노래를 하며 즐김을 의미하거나 그런 놀이를 말한다.
34. 신록(新綠)은 늦봄이나 초여름에 새로 나온 잎의 푸른빛을 의미한다.

2. ⊙와 같이 감옥에서 노인이 임종을 맞이하자 사람들은 일제히 노래를 부른다. 사람들이 노래를 부른 이유는 무엇이며, 그 노래에는 어떤 의미가 담겨 있었을지 이야기해 보자.

3. 이 글에 나타난 작가의 삶의 태도에 대해서 논의해 보자.

1. 1930년 3월 1일, 심훈은 3·1운동을 기념하며 「그날이 오면」이라는 시를 쓴 후 이것을 1932년 5월 잡지 『신생(新生)』에 발표했다. 이후 심훈은 장편소설 『상록수』를 집필하기 전, 그동안 쓴 시를 묶어 『그날이 오면』이라는 시집을 출간하려고 했지만 조선총독부의 검열(檢閱, censorship)로 인해 그 뜻을 이루지 못했고, 1936년 장티푸스에 걸려 갑작스럽게 사망하였다. 그러다가 해방 이후 1949년, 작가의 둘째 형에 의해 비로소 시집 『그날이 오면』은 간행되었다. 일찍이 영국 옥스퍼드대학의 바우라(C. M. Bowra) 교수는 "강렬한 환희"라는 말로 시 「그날이 오면」에 나타난 해방적 전망을 높이 평가하기도 했다. 다음에 제시된 「그날이 오면」을 감상하며, 이 시에서 여러 번 반복하여 등장하는 "그날"이 무엇을 함의하는지 생각해 보자. 아울러 앞서 감상한 「감옥에서 어머님께 올린 글월」과 이 시의 공통점이 무엇인지에 관해서도 이야기해 보자.

그날이 오면 그날이 오면은
삼각산35이 일어나 더덩실 춤이라도 추고
한강물이 뒤집혀 용솟음칠 그날이
이 목숨이 끊기기 전에 와 주기만 할 양이면,
나는 밤하늘에 나는 까마귀와 같이
종로의 인경36을 머리로 들이받아 울리오리다,
두개골은 깨어져 산산조각이 나도

35. 삼각산(三角山)이란 서울에 있는 북한산의 다른 이름이다.
36. 인경은 통행금지를 알리거나 해제하기 위하여 치던 종을 의미한다.

기뻐서 죽사오매 오히려 무슨 한이 남으오리까

그날이 와서, 오오 그날이 와서

육조37 앞 넓은 길을 울며 뛰며 뒹굴어도

그래도 넘치는 기쁨에 가슴이 미어질 듯하거든

드는 칼로 이 몸의 가죽이라도 벗겨서

커다란 북(鼓)을 만들어 들쳐 메고는

여러분의 행렬에 앞장을 서오리다.

우렁찬 그 소리를 한 번이라도 듣기만 하면

그 자리에 거꾸러져도 눈을 감겠소이다.

1930.3.1.

2. 다음의 내용을 참고하면서, 심훈의 「그날이 오면」을 재구성(remake)하여 각
   자 자신의 염원이 담긴 시를 창작해 보자.

① 지금까지 살아오면서 가장 힘들었던 일이나 가장 인상적이었던 일을 써 보자.

② 이와 관련하여 각자의 소원을 한 가지만 생각해 보자.

③ 그러한 소원을 떠올린 이유를 써 보자.

④ 앞에서 정리한 내용을 바탕으로 자신의 염원이 담긴 시를 써 보자.

....

37. 육조(六曹)는 고려와 조선시대에 국가의 정무(政務)를 나누어 맡아보던 여섯 관부(官府)를 의미한다.

심훈의「감옥에서 어머님께 올린 글월」은 편지글 형식의 문학 작품으로, 이는 수필(隨筆, essay) 양식에 해당한다. 『표준국어대사전』에 따르면 수필은 "일정한 형식을 따르지 않고 인생이나 자연 또는 일상생활에서의 느낌이나 체험을 생각나는 대로 쓴 산문 형식의 글"로 "작가의 개성이나 인간성이 두드러지게 나타나며 유머, 위트, 기지가 들어" 있다. 즉 수필은 시나 소설 등 다른 문학 양식과 견주어 보면 비교적 그 형식이 자유롭다고 할 수 있다. 수필은 일기, 편지, 기행문에서부터 논평이나 시평까지를 다양한 형식의 글을 포괄한다. 따라서 수필을 쓸 때 작가는 자기 생각을 드러내기에 적합하다고 여기는 형식이나 표현을 마음대로 선택할 수 있으며, 그 자신이 서술의 주체가 되기에 수필에는 작가의 체험, 생활 태도, 인생관, 세계관 등 작가의 개성적 면모가 잘 드러나기도 한다.

우리가 잘 알고 있는 『안네의 일기』(Het Achterhuis, The Diary of Anne Frank, 1947)도 수필 문학이다. 1940년 나치 독일군의 점령하에서 유대인 소녀 안네 프랑크(Anne Frank)는 가족들과 은신처에서 생활하면서 친구에게 말하듯 자신의 상황과 심리를 일기장에 솔직하게 기록했다. 각자 『안네의 일기』의 한 대목을 읽어 보고, 일본 제국의 통치하에서 쓴 심훈의 편지글과의 공통점과 차이점에 대해서 이야기해 보자.

3 작품과 시대:
이육사 「절정」, 「광야」

絕頂

李陸史

매운 季節의 챗죽에 갈겨
마츰내 北方으로 휩쓸려오다

하늘도 그만 지쳐 끝난 高原
서리빨 칼날진 그우에서다

어데다 무릎을 꾸러야하나?
한발 재겨디딜 곳조차 없다

이러매 눈깜아 생각해볼밖에
겨울은 강철로된 무지갠가보다.

〈잡지 『문장』 1940년 1월호에 게재된 「절정」〉

문학은 당대의 현실과 그 시대를 살아가는 사람들의 삶을 반영한다. 작품은
한 시대를 고스란히 비추는 거울이며 그 시대를 살아간 사람들의 내면을 들여다
볼 수 있는 매개체이다. 작가는 시대 안에서 진실을 포착하여 그 진실을 작품으

로 이야기하는 역할을 한다. 이에 한 나라의 비극적인 시대의 작가의 삶과 작품을 함께 살펴보는 것은 매우 의미 있는 일이다.

한국은 1910년부터 1945년까지 제국주의 일본에 의해 식민 지배를 받았다. 일본제국주의의 국가주권 강탈과 억압적 통치에 맞서 조선인은 지속적인 저항과 독립운동을 전개했다. 이육사는 1925년 무장 독립운동단체인 의열단에 가입하고 17번이나 수감되었던 독립운동가면서 시인이었다. 이육사의 본명은 이원록으로 그의 필명 '이육사'는 수인 번호 264에서 취음한 것이다. 그는 독립운동을 하다가 1943년 7월 일본 경찰에 체포되어 1944년 1월 16일 베이징의 감옥에서 작고했다. 이육사는 "나에게는 시를 생각하는 것도 행동"(「계절의 오행」 중에서)이라고 할 만큼 시와 행동을 동일시한 시인이었다.

시대와 작가의 삶 그리고 작품이 어떻게 연동되는지 이육사의 시 「절정」(1940)과 「광야」(1946)를 통해 살펴보자.

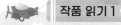

절정

매운 계절의 채찍에 갈겨
마침내 북방으로 휩쓸려 오다

하늘도 그만 지쳐 끝난 고원
서릿발38 칼날진 그 위에 서다

어데다 무릎을 꿇어야 하나
한 발 재겨 디딜39 곳조차 없다

이러매 눈 감아 생각해 볼밖에
겨울은 강철로 된 무지갠가 보다.

1. 다음 시어 및 시구의 상징적 의미를 생각해 보자.

매운 계절	
채찍	
서릿발 칼날진 그 위	

....

38. 서릿발은 땅속의 물이 얼어 기둥 모양으로 솟아오른 것, 또는 그것이 뻗는 기운을 의미한다.
39. 재겨 디디다는 발끝이나 발꿈치만으로 땅을 디디다를 의미하는 단어 제겨디디다로 추정된다.

2. 4연의 "겨울은 강철로 된 무지개"는 무엇을 뜻하는지 이야기해 보자.

3. 이 시의 주제는 무엇인지 생각해 보자.

광야

까마득한40 날에
하늘이 처음 열리고
어데 닭 우는 소리 들렸으랴

모든 산맥들이
바다를 연모해 휘달릴41 때도
차마 이곳을 범하던 못하였으리라

끝임없는 광음42을
부지런한 계절이 피어선 지고
큰 강물이 비로소 길을 열었다

지금 눈 내리고
매화 향기 홀로 아득하니
내 여기 가난한 노래의 씨를 뿌려라

다시 천고43의 뒤에
백마 타고 오는 초인44이 있어
이 광야에서 목 놓아45 부르게 하리라

....

40. 까마득하다는 시간이 아주 오래되어 기억이 희미하다는 것을 의미한다.
41. 휘달리다는 급한 걸음으로 빨리 달리거나 바쁘게 돌아다니는 것을 의미한다.
42. 광음(光陰)은 시간이나 세월을 이르는 말이다.
43. 천고(千古)는 아주 오랜 세월 동안을 의미한다.
44. 초인(超人)은 보통 사람으로는 생각할 수 없을 만큼 뛰어난 능력을 가진 사람을 의미한다.
45. 목 놓아는 주로 울거나 부르짖을 때에 억제함 없이 목소리를 크게 내는 것을 말한다.

1. 각 연의 주요 내용을 정리해 보자.

1연	
2연	
3연	
4연	
5연	

2. 이 시는 과거-현재-미래의 시간 흐름으로 구성되어 있다. 시간의 흐름을 알 수 있는 시어나 시구를 찾아보자.

3. 다음 시어 및 시구의 상징적 의미를 생각해 보자.

눈	
매화 향기	
가난한 노래의 씨	

4. 이 시의 주제는 무엇인지 생각해 보자.

1. 「절정」에서 "절정"은 극한 상황을 의미한다. 내가 겪은 극한 상황을 생각해
  보고 이를 극복하기 위해 어떤 노력을 했는지 이야기해 보자.

2. 「광야」의 4연 "내 여기 가난한 노래의 씨를 뿌려라"에서 씨를 뿌리는 행위
  를 일제강점기에 어떤 의미를 갖는지 생각해 보자. 또한 세계의 역사에서
  이에 해당하는 것에는 어떤 것들이 있는지 생각해 보자.

이육사의 본명은 이원록(李源綠)이다. 이육사는 그의 수인 번호 '이육사(二六四)'에서 취음한 필명이다. 이 외에도 이활(李活), 이육사(李戮史, 李陸史)를 사용하였다. 필명의 뜻을 살펴보고 그의 삶과 시와 함께 생각해 보자.

- 이활 '李活' : 살다
- 이육사 '二六四' : 수인 번호 264
- 이육사 '李戮史' : 역사를 죽이다
- 이육사 '李陸史' : 대륙의 역사

II

시의 이해

1 시의 운율:
김소월 「진달래꽃」, 「먼 후일」

〈1925년 매문사에서 출판된 『진달래꽃』 표지. 출처 국가유산청 국가유산포털〉

시는 언어 예술이다. 언어는 소리와 의미로 이루어져 있어, 언어 자체는 의미와 함께 음악적 요소가 있다고 할 수 있다. 운율은 시의 음성적 형식으로 음의 강약, 고저, 장단, 음절 수, 언어의 규칙적인 배열, 반복을 통해 일정한 리듬(rhythm)감을 자아내게 하는 것이다. 이에 시는 음악성을 추구한다고 할 수 있다.

김소월은 1920년대를 대표하는 시인으로 한국인의 슬픔의 정서를 시로 승화시킨 시인으로 평가된다. 그는 단 한 권의 시집『진달래꽃』(1925)을 출간하였는데, 이 시집에 수록된 시들은 한국의 토속적 이미지와 함께 전통적인 7·5조의 민요풍의 시가 주를 이룬다. 이렇게 그의 시는 한국적 리듬감을 자아내게 하여, 당시 일제강점기 한국인의 상처를 보듬어 주었다.

김소월의 시「진달래꽃」(1922),「먼 후일」(1920)을 통해 시의 음악성을 살펴보자.

진달래꽃

나 보기가 역겨워
가실 때에는
말없이 고이 보내 드리우리다

영변에 약산[46]
진달래꽃
아름 따다 가실 길에 뿌리우리다

가시는 걸음걸음
놓인 그 꽃을
사뿐히 즈려밟고 가시옵소서

나 보기가 역겨워
가실 때에는
㉠죽어도 아니 눈물 흘리우리다

....

46. 영변은 평안도에 있는 지역이고 약산은 영변에 있는 산이다. 약산은 진달래꽃이 매우 많아 봄이 되면 진
    분홍색으로 장관을 이룬다.

1. 이 시는 7·5조, 3음보의 율격으로 이루어졌다. 소리 내어 읽어보면서 시의 리듬을 느껴
   보자.

2. 4연 ㉠의 "죽어도 아니 눈물 흘리우리다"는 어떤 의미인지 이야기해 보자.

3. 이 시의 주제는 무엇인지 생각해 보자.

먼 후일

먼 훗날 당신이 찾으시면
그때에 내말이 "잊었노라"

당신이 속으로 나무리면47
"무척 그리다가 잊었노라"

그래도 당신이 나무리면
"믿기지 않아서 잊었노라"

오늘도 어제도 아니 잊고
먼 훗날 그때에 "잊었노라"

1. 이 시는 3음보의 율격이다. 소리 내어 읽어보면서 시의 리듬을 느껴보자.

....

47. 나무리다는 나무라다의 방언이다.

2. 이 시에서는 각 연마다 "잊었노라"가 반복적으로 표현된다. 시어를 반복함으로써 얻어
　지는 효과와 그 의미는 무엇인지 이야기해 보자.

3. 이 시의 주제는 무엇인지 생각해 보자.

1. 「진달래꽃」과 「먼 후일」은 모두 '임' 즉 사랑하는 존재와의 이별에 대해 이
   야기하고 있다. 나에게 '임'과 같은 존재, 다시 말해 사랑했지만 떠나보내
   야 했던 것들에 관해 이야기해 보자.

2. 김소월의 시 「진달래꽃」, 「먼 후일」은 노래로 만들어졌다. 이처럼 노래로 만
   들어진 시를 찾아보고 시로 읽었을 때와 노래로 들었을 때의 차이점에 대
   해 이야기해 보자. 또한 자신의 나라에도 노래가 된 시가 있는지 찾아보자.

김소월의 「초혼48」(1925)은 「진달래꽃」과 같이 7·5조, 3음보의 율격으로 구성
된 시이다. 이 시는 사랑하는 사람의 죽음으로 인한 슬픔과 그리움을 나타내고
있다. 시를 소리 내어 읽으면서 시의 리듬을 느껴보고 감상해 보자.

초혼

산산이 부서진 이름이여!
허공중에 헤어진 이름이여!
불러도 주인 없는 이름이여!
부르다가 내가 죽을 이름이여!

심중에 남아 있는 말 한마디는
끝끝내 마저 하지 못하였구나.
사랑하던 그 사람이여!
사랑하던 그 사람이여!

붉은 해는 서산마루에 걸리었다.
사슴의 무리도 슬피 운다.
떨어져 나가 앉은 산 위에서
나는 그대의 이름을 부르노라.

설움에 겹도록 부르노라.
설움에 겹도록 부르노라.

....

48. 초혼(招魂)은 사람이 죽었을 때, 그 혼을 소리쳐 부르는 일을 말한다.

부르는 소리는 비껴가지만
하늘과 땅 사이가 너무 넓구나.

선 채로 이 자리에 돌이 되어도
부르다가 내가 죽을 이름이여!
사랑하던 그 사람이여!
사랑하던 그 사람이여!

2 시의 심상:
정지용 「향수」, 「유리창1」

들어가기

〈1935년 시문학사에서 출판된 『정지용시집』의 표지. 출처 국립중앙도서관〉

시의 심상(心象, image)은 언어를 통해 드러나는 감각적 인상을 뜻한다. 시에서 감각적 이미지는 사물에 대한 감각적 경험과 체험적 상황을 불러일으킨다. 즉 감각적 이미지는 추상적 의미를 구체화시켜 시적 의미를 전달하는 기능을 한다.

이미지에는 시각, 청각, 후각, 미각, 촉각, 공감각 이미지가 있다. 아래의 사례를 통해 시에 적용하는 감각적 이미지의 활용을 알아보자.

시각적 이미지: 파란 녹이 낀 구리거울 속에 (윤동주, 참회록)

청각적 이미지: 우렁찬 그 소리를 한번이라도 듣기만 하면 (심훈, 그날이 오면)

후각적 이미지: 매화 향기 홀로 아득하니 (이육사, 광야)

미각적 이미지: 메마른 입술에 쓰디쓰다 (정지용, 고향)

촉각적 이미지: 발목이 시리도록 밟아도 보고 (이상화, 빼앗긴 들에도 봄은 오는가)

공감각적 이미지: 새파란 초생달이 시리다 (김기림, 바다와 나비)

정지용은 감각적 이미지를 시에 잘 활용한 시인이다. 그의 시 「향수」(1927)와 「유리창1」(1930)을 통해 감각적 이미지가 시에서 어떤 기능을 하는지 살펴보자.

향수

넓은 벌 동쪽 끝으로
옛이야기 지줄대는[49] 실개천이 휘돌아[50] 나가고,
얼룩백이[51] 황소가
해설피[52] 금빛 게으른 울음을 우는 곳,

—그곳이 차마 꿈엔들 잊힐 리야.

질화로[53]에 재가 식어지면
비인[54] 밭에 밤바람 소리 말을 달리고,
엷은 졸음에 겨운 늙으신 아버지가
짚벼개[55]를 돋아 고이시는 곳,

—그곳이 차마 꿈엔들 잊힐 리야.

흙에서 자란 내 마음
파아란 하늘빛이 그리워

---

49. 지줄대다는 낮은 목소리로 자꾸 지껄이는 것을 의미한다.
50. 휘돌다는 어떤 물체가 어떤 공간에서 빙글빙글 마구 도는 것을 의미한다.
51. 얼룩배기는 겉이 얼룩진 동물이나 물건을 의미한다.
52. 해설피는 해가 지는 저녁 무렵을 의미한다.
53. 질화로는 질흙으로 구워 만든 화로를 의미한다.
54. 비다는 일정한 공간에 사람, 사물 따위가 들어 있지 아니하게 되다라는 뜻이다. 비인은 빈을 늘려 쓴 것이다.
55. 짚벼개는 볏짚으로 만든 베개를 뜻한다.

함부로 쏜 화살을 찾으려
풀섶 이슬에 함추름[56] 휘적시[57]던 곳,

—그곳이 차마 꿈엔들 잊힐 리야.

전설 바다에 춤추는 밤물결 같은
검은 귀밑머리[58] 날리는 어린 누이와
아무렇지도 않고 예쁠 것도 없는
사철 발 벗은 아내가
따가운 햇살을 등에 지고 이삭 줍던 곳,

—그곳이 차마 꿈엔들 잊힐 리야.

하늘에는 성근[59] 별
알 수도 없는 모래성으로 발을 옮기고,
서리 까마귀 우지짖고[60] 지나가는 초라한 지붕,
흐릿한 불빛에 돌아 앉아 도란도란거리는 곳,

—그곳이 차마 꿈엔들 잊힐 리야.

· ·

56. 함추름은 함초롬의 방언으로 젖거나 서려 있는 모습이 가지런하고 차분한 모양을 의미한다.
57. 휘적시다는 마구 적시다를 의미한다.
58. 귀밑머리는 이마의 한가운데를 중심으로 하여 좌우로 갈라 귀 뒤로 넘겨 땋은 머리 모양을 의미한다.
59. 성글다는 물건의 사이가 뜨다를 의미한다.
60. 우짖다는 새가 울며 지저귀다를 의미한다. 우지짖다는 우짖다를 멋스럽게 이르는 말이다.

1. 이 시는 감각적 이미지가 풍부하게 사용된 작품이다. 감각적 이미지를 찾아보고 그 효과를 이야기해 보자.

시각적 이미지	
청각적 이미지	
촉각적 이미지	
공감각적 이미지	
이미지 효과	

2. 이 시의 각 연의 주요 내용을 정리해 보자.

연	주요 내용
1연	
2연	
3연	
4연	
5연	

3. 이 시에는 후렴구 "그곳이 차마 꿈엔들 잊힐 리야"를 사용하고 있다. 이 후렴구가 시에
   서 어떤 역할을 하는지 이야기해 보자.

4. 이 시의 주제는 무엇인지 생각해 보자.

유리창 1

유리에 차고 슬픈 것이 어른거린다.

열없이61 붙어서서 입김을 흐리우니

길들은 양 언 날개를 파닥거린다.

지우고 보고 지우고 보아도

새까만 밤이 밀려나가고 밀려와 부딪히고,

물먹은 별이, 반짝, 보석처럼 박힌다.

밤에 홀로 유리를 닦는 것은

㉠외로운 황홀한 심사이어니,

고운 폐혈관이 찢어진 채로

아아, 너는 산새처럼 날아갔구나!

1. 이 시의 제목은 "유리창"이다. 유리창이 시에서 어떤 기능을 하는지 이야기해 보자.

....

61. 열없이는 좀 겸연쩍고 부끄럽게를 의미한다.

2. ㉠의 "외로운 황홀한 심사"라는 역설적 표현이 무엇을 의미하는지 논의해 보자.

3. 이 시의 주제는 무엇인지 생각해 보자.

1. 정지용의 시 「향수」는 그리운 고향의 모습을 감각적 이미지를 사용하여 그리고 있다. 나의 고향의 모습을 감각적 이미지를 사용하여 그려 보자.

2. 「유리창1」에서 화자가 그리워하는 대상은 죽은 아이이다. 이처럼 자신이 그리워하는 것은 무엇이 있는지 이야기해 보자.

김기림은 시 창작과 평론 활동을 활발하게 한 시인이다. 그는 근대화로 인한 긍정적, 부정적 현상을 감각적 이미지를 사용하여 시를 창작하였다. 김기림의 시 「바다와 나비」(1939)는 감각적 이미지를 활용한 대표적인 시다. 이 시에서 감각적 이미지를 사용한 부분을 찾아보고 시에서 어떤 기능을 하는지 생각해 보자.

바다와 나비

아무도 그에게 수심을 일러 준 일이 없기에
흰 나비는 도무지 바다가 무섭지 않다.

청무밭인가 해서 내려갔다가는
어린 날개가 물결에 절어서
공주처럼 지쳐서 돌아온다.

삼월달 바다가 꽃이 피지 않아서 서글픈
나비 허리에 새파란 초생달이 시리다.

3 시적 세계관:
한용운 「님의 침묵」, 「수의 비밀」

〈1926년 회동서관에서 나온 시집 『님의 침묵』 표지와 본문. 출처 국립중앙도서관〉

시인은 평범한 사물이나 일상적인 현상을 보며 자신만의 느낌과 감정을 운율이 있는 언어로 압축하여 표현한다. 여기에서 '본다'는 것은 단지 대상을 시각적으로 관찰하는 데 그치지 않고, 시인의 세계관을 통해 새롭게 재인식하고 재해석하는 과정을 뜻한다.

작가 한용운은 독립운동가이자 시인이며 동시에 승려였다. 그는 불교에 입문하여 출가한 후 불교적 깨달음을 시 속에 담아냈다. 한용운의 시에는 '역설(逆說)'적 표현이 자주 등장한다. 역설법이란 "이것은 소리 없는 아우성"(유치환의 시 「깃발」 중에서)과 같이 표면적으로는 모순되거나 부조리한 것 같지만 그 이면에 담긴 중요한 진실을 드러내려고 할 때 사용하는 수사법이다. '색즉시공(色卽是空) 공즉시색(空卽是色)', '회자정리(會者定離) 거자필반(去者必反)'과 같은 윤회사상 속에서 한용운의 역설적 표현은 제대로 이해될 수 있다. 불교적 사고를 바탕으로 이별의 슬픔을 극복할 수 있는 단서를 찾고, 조국의 식민지 현실을 타개할 희망을 모색했던 한용운 시의 미학을 감상해 보자.

님의 침묵

님은 갔습니다. 아아, 사랑하는 나의 님은 갔습니다.

푸른 산빛을 깨치고 단풍나무 숲을 향하여 난 작은 길을 걸어서 차마 떨치고 갔습니다.

황금의 꽃같이 굳고 빛나던 옛 맹세는 차디찬 티끌62이 되어서 한숨의 미풍에 날아갔습니다.

날카로운 첫 키스의 추억은 나의 운명의 지침63을 돌려놓고 뒷걸음쳐서 사라졌습니다.

나는 향기로운 님의 말소리에 귀먹고 꽃다운 님의 얼굴에 눈멀었습니다.

사랑도 사람의 일이라 만날 때에 미리 떠날 것을 염려하고 경계하지 아니한 것은 아니지만, 이별은 뜻밖의 일이 되고 놀란 가슴은 새로운 슬픔에 터집니다.

그러나 이별을 쓸데없는 눈물의 원천으로 만들고 마는 것은 스스로 사랑을 깨치는 것인 줄 아는 까닭에, 걷잡을 수 없는 슬픔의 힘을 옮겨서 새 희망의 정수박이64에 들어부었습니다.

우리는 만날 때에 떠날 것을 염려하는 것과 같이 떠날 때에 다시 만날 것을 믿습니다.

아아, 님은 갔지마는 나는 님을 보내지 아니하였습니다.

제 곡조65를 못 이기는 사랑의 노래는 님의 침묵을 휩싸고 돕니다.

---

62. 티끌은 먼지 또는 부스러기를 뜻한다.
63. 지침은 시계나 나침반의 바늘이다.
64. 정수박이는 정수리의 비표준어로, 머리 위의 숫구멍이 있는 자리를 의미한다.
65. 곡조는 음악적 통일을 이루는 음의 연속을 뜻한다.

1. 이 시를 세 부분 또는 네 부분으로 나누어 본다면 어떻게 구분할 수 있을지 생각해 보자.

2. 시적 화자가 '님'이 떠난 것을 '침묵'이라고 표현한 이유에 대해 논의해 보자.

3. '님'의 상징적 의미를 여러 가지로 떠올려 보고, 그에 따라 시가 어떻게 다르게 해석되는지 이야기해 보자.

수(繡)66의 비밀

나는 당신의 옷을 다 지어67 놓았습니다.
심의68도 짓고 도포69도 짓고 자리옷70도 지었습니다.
짓지 아니한 것은 작은 주머니에 수놓는 것뿐입니다.

그 주머니는 나의 손때가 많이 묻었습니다.
짓다가 놓아두고 짓다가 놓아두고 한 까닭입니다.
다른 사람들은 나의 바느질 솜씨가 없는 줄로 알지마는 그러한 비밀은 나밖에는 아는 사람이 없습니다.
나는 마음이 아프고 쓰린 때에 주머니에 수를 놓으려면 나의 마음은 수놓는 금실을 따라서 바늘구멍으로 들어가고 주머니 속에서 맑은 노래가 나와서 나의 마음이 됩니다.
그리고 아직 이 세상에는 그 주머니에 넣을 만한 무슨 보물이 없습니다.
이 작은 주머니는 짓기 싫어서 짓지 못하는 것이 아니라 짓고 싶어서 다 짓지 않는 것입니다.

. . . .

66. 수(繡)는 헝겊에 색실로 그림이나 글자 따위를 바늘로 떠서 놓는 일이다.
67. 짓다는 재료를 들여 밥, 옷, 집 따위를 만드는 것이다.
68. 심의(深衣)는 과거에 신분이 높은 선비들이 입던 웃옷을 뜻한다.
69. 도포는 과거에 통상예복으로 입던 남자의 겉옷을 의미한다.
70. 자리옷은 잠잘 때 입는 옷이다.

1. 화자가 여러 번 자수를 놓을까 말까 고민했던 흔적을 보여주는 시어를 찾아보자.

2. 이 시에서 역설적 표현이 사용된 구절을 찾고 그 의미를 말해 보자.

3. 수 놓기, 수 놓기의 완성, 수의 비밀의 숨은 뜻에 대해 논의해 보자.

1. 김소월의 '님'과 한용운의 '님'을 비교해 보고, 역설법과 반어법의 차이를 살펴보자.

2. 누군가를 위해 간절한 마음을 담아 무엇인가를 했던 경험을 이야기해 보자.

수많은 물건에 둘러싸여 몸과 마음이 무거워지자 '미니멀 라이프(Minimal Life)'를 지향하는 사람들이 생기고 있다. 물건을 사들이는 삶에서 벗어나 일상생활에 필요한 최소한의 물건만 가지고 살아가려는 지혜이다. 승려이자 수필가였던 법정의 「무소유」(1971)를 읽고 아무것도 소유하지 않음으로써 자유로워지는 불교적 세계관을 좀 더 깊이 있게 이해해 보자. 그리고 아무것도 가지지 않는 무소유 사상에 부담을 갖기보다, 소유에 대한 집착을 내려놓고 불필요한 것을 가지지 않으려는 실천을 시작해 보자.

나는 지난해 여름까지 이름있는 난초(蘭草) 두 분(盆)을 정성스레, 정말 정성을 다해 길렀었다. 3년 전 거처를 지금의 다래헌(茶來軒)으로 옮겨 왔을 때, 어떤 스님이 우리 방으로 보내 준 것이다. 혼자 사는 거처라 살아 있는 생물이라고는 나하고 '그 애들'뿐이었다. 그 애들을 위해 관계 서적을 구해다 읽었고, 그 애들의 건강을 위해 하이포넥슨가 하는 비료를 바다 건너가는 친지들에게 부탁하여 구해 오기도 했었다. 여름철이면 서늘한 그늘을 찾아 자리를 옮겨 주어야 했고, 겨울에는 필요 이상으로 실내 온도를 높이곤 했었다.

이런 정성을 일찍이 부모에게 바쳤더라면 아마 효자 소리를 듣고도 남았을 것이다. 이렇듯 애지중지 가꾼 보람으로 이른 봄이면 은은한 향기와 함께 연둣빛 꽃을 피워 나를 설레게 했고, 잎은 초승달처럼 항시 청청했었다. 우리 다래헌을 찾아온 사람마다 싱싱한 난을 보고 한결같이 좋아라 했다.

지난해 여름 장마가 갠 어느 날 봉선사로 운허노사(耘虛老師)를 뵈러 간 일이 있었다. 한낮이 되자 장마에 갇혔던 햇볕이 눈부시게 쏟아져 내리고, 앞 개울 물 소리에 어울려 숲속에서는 매미들이 있는 대로 목청을 돋구었다.

아차! 이때에야 문득 생각이 난 것이다. 난초를 뜰에 내놓은 채 와버린 것이다. 모처럼 보인 찬란한 햇볕이 돌연 원망스러워졌다. 뜨거운 햇볕에 축 늘어져 있을 난초잎이 눈에 아른거려[71] 더 지체할 수가 없었다. 허둥지둥 그 길로 돌아왔다. 아니나 다를까 잎은 축 늘어져 있었다. 안타까워 안타까워하며 우물물을 길어다 축여주고[72] 했더니 겨우 고개를 들었다. 하지만 어딘지 생생한 기운이 빠져버린 것 같았다.

나는 이때 온몸으로, 그리고 마음속으로 절절히 느끼게 되었다. 집착이 괴로움인 것을. 그렇다, 나는 난초에게 너무 집념해버린 것이다. 이 집착에서 벗어나야겠다고 결심했다. 난을 가꾸면서는 산철(僧家의 遊行期)에도 나그네 길을 떠나지 못한 채 꼼짝 못 하고 말았다. 밖에 볼일이 있어 잠시 방을 비울 때면 환기가 되도록 들창문을 조금 열어 놓아야 했고, 분을 내놓은 채 나가다가 뒤미처 생각하고는 되돌아와 들여놓고 나간 적도 한두 번이 아니었다. 그것은 정말 지독한 집착이었다.

며칠 후, 난초처럼 말이 없는 친구가 놀러왔기에 선뜻 그의 품에 분을 안겨주었다. 비로소 나는 얽매임에서[73] 벗어난 것이다. 날듯 홀가분한 해방감. 3년 가까이 함께 지낸 '유정(有情)'을 떠나보냈는데도 서운하고 허전함보다 홀가분한 마음이 앞섰다. 이때부터 나는 하루 한 가지씩 버려야겠다고 스스로 다짐을 했다. 난을 통해 무소유의 의미 같은 걸 터득하게 됐다고나 할까.

---

71. 아른거리다는 무엇이 희미하게 보이다 말다 하는 것이다.
72. 축이다는 물 따위에 적시어 축축하게 하는 것이다.
73. 얽매이다는 마음대로 행동할 수 없도록 몹시 구속된 상태를 의미한다.

4 시의 새로운 형식:
이상 「오감도 시제1호」, 「꽃나무」

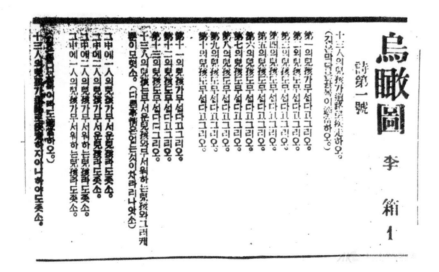
    문학의 형식은 시대와 사상의 흐름에 따라 그 형식을 달리하기도 한다. 특히 다다이즘(dadaism)과 초현실주의(surrealism)는 새로운 형식을 선보였다. 다다이즘은 제1차 세계대전(1914-1918) 기간 동안 이성에 대해 절망한 예술가들이 기존의 모든 가치나 질서를 부정하면서 이를 예술에 적용한 것이다. 전통적인 예술 형식과 내용을 파괴하고 예술에 우연성을 도입하여 새로운 형식을 선보였다. 다다이즘은 이후 초현실주의로 흡수되었는데 초현실주의는 1924년 앙드레 브르통(André Breton)이 초현실주의 선언문을 발표하면서 시작되었다. 초현실주의는 인간의 무의식의 세계를 중요하게 여겨 그 세계를 예술로 표현하였다.

　　다다이즘과 초현실주의는 식민지 조선에도 유입되었다. 이상은 전통적인 시 형식을 파괴하고 언어 실험을 감행하는 등의 미학적 실험을 하였다. 김기림은 이상을 뛰어난 초현실주의의 이해자며 그의 시 또한 초현실주의 시라고 하였다. 그러나 그의 새로운 형식의 시는 발표 당시 대중에게 많은 비난을 받았다.『조선중앙일보』에 발표된「오감도」연작은 독자들의 많은 항의를 받아 연재가 중단되기도 했다.

　　당시 대중에게 낯설고 새로운 형식의 시였던「오감도 시제1호」(1934)와「꽃나무」(1933)를 통해 이상의 시세계를 살펴보자.

오감도(烏瞰圖) 시제1호

13인의아해74가도로로질주하오.
(길은막다른75골목이적당하오.)

제1의아해가무섭다고그리오.
제2의아해도무섭다고그리오.
제3의아해도무섭다고그리오.
제4의아해도무섭다고그리오.
제5의아해도무섭다고그리오.
제6의아해도무섭다고그리오.
제7의아해도무섭다고그리오.
제8의아해도무섭다고그리오.
제9의아해도무섭다고그리오.
제10의아해도무섭다고그리오.

제11의아해가무섭다고그리오.
제12의아해도무섭다고그리오.
제13의아해도무섭다고그리오.
㉠ 13인의아해는무서운아해와무서워하는아해와그렇게뿐이모였소.
　　(다른사정은없는것이차라리나았소.)

----

74. 아해는 아이를 의미한다.
75. 막다르다는 더 나아갈 수 없도록 앞이 막혀 있음을 의미한다.

그중에1인의아해가무서운아해라도좋소.
그중에2인의아해가무서운아해라도좋소.
그중에2인의아해가무서워하는아해라도좋소.
그중에1인의아해가무서워하는아해라도좋소.

(길은뚫린골목이라도적당하오.)
13인의아해가도로로질주하지아니하여도좋소.

1. 이 시가 기존의 시들과 형식적으로 다른 점은 무엇인지 이야기해 보자.

2. ㉠의 "13인의아해는무서운아해와무서워하는아해와그렇게뿐이모였소."의 의미는 무엇인지 생각해 보자.

3. 이 시의 제목 오감도(烏瞰圖)의 의미를 생각해 보자.

4. 이 시의 주제는 무엇인지 생각해 보자.

꽃나무

벌판한복판에 꽃나무하나가있소 근처에는 꽃나무가하나도없소 꽃나무는 ㉠제가생각하는꽃나무를 열심으로생각하는것처럼 열심으로꽃을피워가지고섰소. ㉡꽃나무는제가생각하는꽃나무에게갈수없소 나는막달아났소 한꽃나무를위하여 그러는것처럼 ㉢나는참그런이상스러운흉내를내었소.

1. 다음 시어 및 시구의 상징적 의미를 생각해 보자.

꽃나무	
벌판한복판	

2. ㉠"제가생각하는꽃나무"와 ㉡"꽃나무는제가생각하는꽃나무에게갈수없소"의 의미를 논의해 보자.

㉠ :

㉡ :

3. ⓒ "나는참그런이상스러운흉내를내었소"의 의미는 무엇인지 이야기해 보자.

4. 이 시의 주제는 무엇인지 생각해 보자.

1. 「오감도」는 연작시로 『조선중앙일보』(1934. 7. 24. ~ 8. 8.)에 15회 연재되었다. 다음은 「오감도 시제2호」와 「오감도 시제4호」, 「오감도 시제5호」이다. 이처럼 새로운 형식의 시를 찾아보자.

「오감도 시제2호」

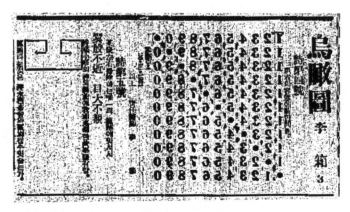

「오감도 시제5호」, 「오감도 시제4호」

2. 이상의 「오감도 시제1호」는 불안과 공포의 정서를 이야기하고 있다. 불안
   과 공포를 주는 공간은 "도로"이다. 나에게 "도로"와 같은 불안과 공포를
   주는 것은 무엇이 있는지 이야기해 보자.

시를 해석할 때, 시인의 직업, 교우 관계, 취미, 취향, 평판 등을 고려하기도 한다. 다음에 제시한 두 편의 글은 당대 시인이면서 비평가였던 김기림이 쓴 것이다. (가)의 「이상의 모습과 예술」(1949)에서 이상의 예술적 취향을 알 수 있다. (나)의 「현대시의 발전」(1934)은 이상을 문학적으로 평가한 글이다. 두 편의 글을 통해 이상의 예술적 성향을 알아보고 그의 시와의 연관성을 논의해 보자.

(가) 그가 경영한다느니보다 소일하는 찻집 '제비' 회칠한 사면 벽에는 '쥘 르나르'[76]의 「에피그램」이 몇 개 틀에 들어 있었다. 그러니까 이상과 구보와 나와의 첫 화제는 자연 프랑스 문학, 그중에서도 시일 수밖에 없었고, 나중에는 '르네 클레르'[77]의 영화, '달리'[78]의 그림에까지 미쳤던가보다. 이상은 '르네 클레르'를 퍽 좋아하는 눈치다. '달리'에게서는 어떤 정신적 혈연을 느끼는 듯도 싶었다. 1934년 여름 어느 오후, 내가 일하는 신문, 그날 편집이 끝난 바로 뒤의 일이다.

(나) 이상은 사실 우리들 중에서 누구보다도 가장 뛰어난 쉬르리얼리즘 (surrealism, 초현실주의)의 이해자다. 이 시[79]도 역시 쉬르리얼리즘의 시라고 규정해도 좋을 것 같다. 그러나 이 시인은 쉬르리얼리즘의 가장 현저한 방법상의 특색인 형태에 대한 추구─즉 가시적인 그리고 가청적인 언어의 외적 형태에는 얼마나 비약적 시험을 하지 않고 그보다도 오히려 언어 자체의 내면적인 에너지를 포착하여 그곳에서 내면적 운동의 율동을 발견하려고 한 점에 그 독

76. 쥘 르나르 (Jules Renard)는 프랑스의 작가이다. 대표작으로는 자신의 어린 시절을 바탕으로 쓴 『홍당무』가 있다.
77. 르네 클레르(René Clair)는 프랑스의 영화감독으로 그의 초기 영화는 다다이즘의 영향을 받았다.
78. 살바도르 달리 (Salvador Dali)는 스페인의 화가이다. 초현실주의 회화의 대표적 화가로 꿈이나 환상의 세계를 사실적 수법으로 표현하였다.
79. 여기서 시는 이상의 「운동」이다.

창성이 있는가 한다. 그러한 점에서 이상은 스타일리스트다.

III

소설의 이해

1 소설의 인물:
이광수 『무정』

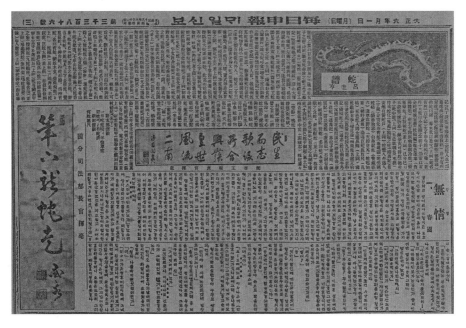

〈1917년 1월 1일 『매일신보』에 연재된 「무정(無情)」 1회본. 출처 한국연구원〉

인물(character)은 소설 속에 등장하는 존재로 고유한 성격을 가지고 있다. 소설
가는 인물의 말, 행동, 심리 등을 통해 인물을 형상화한다. 인물의 유형은 성격

이 변하는지에 따라 '평면적 인물'과 '입체적 인물'로, 그 전체적인 성격 및 특성에 따라 '전형적 인물'과 '개성적 인물'로 구분된다. 또한 작가가 의도하는 주제 의식에 부합하는지에 따라 '주동 인물'과 '반동 인물'로, 소설에서의 중요도에 따라 '주요 인물'과 '주변 인물'로 분류되기도 한다.

작가가 소설 속 인물의 성격을 드러내는 방법으로는 '직접적 제시'와 '간접적 제시'가 있다. 직접적 제시는 서술자가 인물의 가치관, 심리, 특징에 대해 직접 설명하는 방법으로 '말하기(telling)'라고도 한다. 간접적 제시는 인물의 행동과 대화를 통해 인물의 성격을 간접적으로 드러내는 방법으로 '보여주기(showing)'라고도 한다.

한국 최초의 근대 장편소설로 일컬어지는 이광수의 『무정』(1917)은 개화기 조선을 살아가는 이형식, 박영채, 김선형, 김병욱 등의 인물을 통해 신교육에 의한 계몽을 강조한다. 이형식은 청년 지식인으로 개인과 민족, 현실과 이상 사이에서 갈등하는 가운데 민족의 계몽과 신교육을 주장한다. 박영채는 봉건적인 가치관을 가진 순종적인 여성이었으나 각성을 통해 근대적 가치관을 지닌 신여성으로 변화한다. 김선형은 개화기 신여성으로 새로운 가치관을 가지고 있지만 이형식이나 김병욱만큼 계몽 의식이 투철하지는 않다. 그리고 김병욱은 일본에서 유학한 여성으로 박영채가 근대적인 의식을 갖고 살 수 있도록 이끈다. 이와 같은 네 인물의 관계를 중심으로 『무정』을 살펴보자.

여학생은 영채의 신세타령80을 듣고,

"그러면 지금도 그 형식을 사랑하시오?"

사랑하느냐 하는 말에 영채는 가슴이 뜨끔하였다. 과연 자기가 형식을 사랑하였는가—알 수가 없다. 자기는 다만 형식이란 사람은 자기가 찾아야 할 사람, 섬겨야81 할 사람으로 알았을 뿐이요, 칠팔 년래로 일찍 형식을 사랑하는지 생각해 본 적도 없었다. 다만 어서 형식을 찾고 싶다, 어서 만나면 자기의 소원을 이루겠다, 만나면 기쁘겠다 하였을 뿐이다. 그러므로 영채는 멀거니 여학생을 보다가

"그런 생각은 해본 적도 없어요. 어려서 서로 떠났으니까 얼굴도 잘 기억하지 못하였는데……."

"그러면 부친께서 너는 아무의 아내가 되어라 하신 말씀이 있으시니까 지금껏 찾으셨습니다그려—별로 사모82하는 생각도 없었는데……."

"예, 그리고 어렸을 때에 정들었던 것이 아직도 기억이 되어요. 그때 일을 생각하면 어째 그리운 생각이 나요."

"그것이야 그렇겠지요. 누구나 아이 적의 생각은 안 잊히는 것이니깐. 그이뿐 아니라 다른 아이들 생각도 나시지요?"

영채는 가만히 생각해 보더니

"예, 여러 동무들의 생각도 나요. 그러나 그의 생각이 제일 정답게 나요. 그랬더니 일전에 정작 얼굴을 대하니깐 생각던 바완 다릅데다. 어쩐지 이전에 정답던 것까지도 다 깨어지는 것 같애요. 왜 그런지 모르겠어요. 그래서 그날 저녁에 집에 돌아와서는 어떻게 마음이 섭섭한지 울었습니다."

---

80. 신세타령은 자신의 불행한 신세를 넋두리하듯이 늘어놓는 일을 말하거나 또는 그런 이야기를 의미한다.
81. 섬기다는 신(神)이나 윗사람을 잘 모시어 받들다의 의미이다.
82. 사모(思慕)란 애틋하게 생각하고 그리워함을 의미한다.

잘 알아들은 듯이 고개를 끄덕끄덕하더니 말하기 어려운 듯이

"그러면 지금은 그에게 대해서는 별로 사랑이 없습니다그려."

영채는 저도 제 생각을 모르는 모양으로 한참이나 생각하더니

"글쎄요, 만나니깐 반갑기는 반가운데 어쩐지 기다리고 바라던 그 사람이 아닌 것 같아요. 내 마음속에 그려 오던 사람과는 딴사람 같아요. 저도 웬일인가 했어요. 또 그이도 그다지 저를 반가워하는 것 같지도 아니하고……."

"알았습니다" 하고 여학생은 눈을 감는다. 무엇을 알았단 말인고 하고 영채도 눈을 감는다. 여학생이

"그런데 왜 죽을 결심을 하셨어요?"

"아니 죽고 어떻게 합니까. 그 사람 하나를 바라고 지금껏 살아오던 것인데, 일조83에 정절84을 더럽히고……." 괴로운 빛이 얼굴에 나타나며, "다시 그 사람을 섬기지도 못하겠고…… 이제야 무엇을 바라고 사나요" 하고 절망하는 듯이 고개를 푹 숙인다.

"나는 그것이 죽을 이유라고는 생각하지 아니합니다."

"그러면 어찌하고요?"

"살지요! 왜 죽어요?"

영채는 깜짝 놀라 여학생을 본다. 여학생은 힘 있는 목소리로

"첫째 영채 씨는 속아 살아왔어요. 이형식이란 사람을 사랑하지도 아니하면서 공연히 정절을 지켜 왔어요. 부친께서 일시 농담 삼아 하신 말씀 한마디 때문에 영채 씨는 칠팔 년 헛된 절을 지킨 것이외다. 사랑하지 않는 사람을 위해서, 피차85에 허락도 아니 한 사람을 위해서 절을 지키는 것이 헛된 일이 아니야요? 마치 죽은 사람, 세상에 없는 사람을 위해서 절을 지키는 것이나 다름이 있어요? 영채 씨의 마음은 아름답지요, 절은 굳지요. 그러나 그뿐이외

83. 일조(一朝)는 갑작스러울 정도의 짧은 시간을 말한다.
84. 정절(貞節)은 여자의 곧은 절개, 즉 정조를 의미한다.
85. 피차(彼此)는 저것과 이것을 아울러 이르는 말이다.

다. 그 아름다운 마음과 그 굳은 절을 바칠 사람이 따로 있지 아니할까요. 하니까 지금 영채 씨가 그이를 사랑하시거든 지금부터 그에게 몸과 마음을 바치실 것이요, 만일 그렇지 않거든 다른 남자 중에 구하실 것이오. 그런데……."

"그러나 지금토록 마음을 허하여 오던 것을 어떡합니까. 고성(古聖)86의 교훈도 있는데" 한다.

"아니오. 영채 씨는 지금까지 꿈을 꾸고 지내셨지요. 허깨비87를 보고 지내셨지요. 얼굴도 잘 모르고 마음도 모르는 사람에게 어떻게 마음을 허합니까. 그것은 다만 그릇된 낡은 사상의 속박이지요. 사람은 제 목숨으로 삽니다. 제가 사랑하지 않는 지아비88가 어디 있겠어요. 하니깐 영채 씨의 과거사는 꿈입니다. 이제부터 참생활이 열리지요."

영채는 이 말을 듣고 놀랐다. 열녀89라는 생각과 틀리는 것 같다. 그러나 그 말이 옳은 것 같다. 과연 지금토록 형식을 사랑한 적은 없었고, 다만 허깨비로 제 마음에 드는 사람을 만들어 놓고, 그 사람의 이름을 형식이라고 짓고, 그러고는 그 사람과 진정 형식과 같은 사람으로 생각하고 그 사람을 찾는 대신 이형식을 찾다가, 이형식을 보매 그 사람이 아닌 줄을 깨닫고 실망하고 나서는 아아, 이제는 영원히 형식을 보지 못하겠구나 하고 실망한 것이다. ㉠이렇게 생각하매 영채는 잘못 생각하였던 것을 깨닫는 생각과 또 아주 절망하였던 중에 새로운 광명이 발하는 듯하였다. 그래서 영채는,

"참생활이 열릴까요? 다시 살 수가 있을까요?" 하고 여학생을 보았다.

---

86. 고성(古聖)은 옛날의 성인(聖人)을 말한다.
87. 허깨비는 기력이 허하여 착각이 일어나 없는데 있는 것처럼, 또는 다른 것처럼 보이는 일을 말하거나 또는 그렇게 보이는 것을 의미한다.
88. 지아비란 웃어른 앞에서 자기 남편을 낮추어 이르는 말이다.
89. 열녀(烈女)는 절개가 굳은 여자를 의미한다.

1. 영채가 죽을 결심을 한 이유와 여학생이 그것은 죽을 이유가 되지 않는다고 말한 이유
   를 각각 찾아서 정리해 보자.

2. 영채가 여학생의 말을 듣고 ㉠과 같이 새롭게 깨달은 것은 무엇인지 이야기해 보자.

3. 윗글에 제시된 인물의 말과 행동을 통해 여학생과 영채의 성격에 대해 논의해 보자.

그네는 과연 아무 힘이 없다. 자연(自然)의 폭력(暴力)에 대하여서야 누구라서 능히 저항(抵抗)하리요마는 그네는 너무도 힘이 없다. 일생에 뼈가 휘도록 애써서 쌓아 놓은 생활의 근거를 하룻밤 비에 다 씻겨 내려 보내고 말리만큼 그네는 힘이 없다. 그네의 생활의 근거는 마치 모래로 쌓아 놓은 것 같다. 이제 비가 그치고 물이 나가면 그네는 흩어진 모래를 그러모아서[90] 새 생활의 근거를 쌓는다. 마치 개미가 그 가늘고 연약한 발로 땅을 파서 둥지[91]를 만드는 것과 같다. 하룻밤 비에 모든 것을 잃어버리고 발발 떠는 그네들이 어찌 보면 가련하기도 하지마는 또 어찌 보면 너무 약하고 어리석어 보인다.

그네의 얼굴을 보건대 무슨 지혜가 있을 것 같지 아니하다. 모두 다 미련해 보이고 무감각(無感覺)해 보인다. 그네는 몇 푼어치 아니 되는 농사한 지식을 가지고 그저 땅을 팔 뿐이다. 이리하여서 몇 해 동안 하느님이 가만히 두면 썩은 볏섬[92]이나 모아 두었다가는 한번 물이 나면 다 씻겨 보내고 만다. 그래서 그네는 영원히 더 부(富)하여짐 없이 점점 더 가난하여진다. 그래서 몸은 점점 더 약하여지고 머리는 점점 더 미련하여진다. (…중략…)

저들에게 힘을 주어야 하겠다. 지식을 주어야 하겠다. 그리해서 생활의 근거를 안전하게 하여 주어야 하겠다.

"과학(科學)! 과학!" 하고 형식은 여관에 돌아와 앉아서 혼자 부르짖었다. 세 처녀는 형식을 본다.

ⓛ"조선 사람에게 무엇보다 먼저 과학(科學)을 주어야겠어요. 지식을 주어야 하겠어요" 하고 주먹을 불끈 쥐며 자리에서 일어나 방 안으로 거닌다. "여러분은 오늘 그 광경을 보고 어떻게 생각하십니까."

---

90. 그러모으다는 흩어져 있는 사람이나 사물 따위를 거두어 한곳에 모으다를 의미한다.
91. 둥지는 새가 알을 낳거나 깃들이는 곳을 말하는데, 한데 모여 사는 벌레, 짐승, 사람의 집을 비유적으로 의미하기도 한다.
92. 볏섬은 벼를 담은 섬을 의미한다.

이 말에 세 사람은 어떻게 대답할 줄을 몰랐다. 한참 있다가 병욱이가,

"불쌍하게 생각했지요" 하고 웃으며, "그렇지 않아요?" 한다. 오늘 같이 활동하는 동안에 훨씬 친하여졌다.

"그렇지요, 불쌍하지요! 그러면 그 원인이 어디 있을까요?"

"물론 문명이 없는 데 있겠지요—생활하여 갈 힘이 없는 데 있겠지요."

"그러면 어떻게 해야 저들을…… 저들이 아니라 우리들이외다…… 저들을 구제93할까요?" 하고 형식은 병욱을 본다. 영채와 선형은 형식과 병욱의 얼굴을 번갈아 본다. 병욱은 자신 있는 듯이

"힘을 주어야지요? 문명을 주어야지요?"

"그리하려면?"

"가르쳐야지요! 인도94해야지요!"

"어떻게요?"

"교육으로, 실행으로."

영채와 선형은 이 문답의 뜻을 자세히는 모른다. 물론 자기네가 아는 줄 믿지마는 형식이와 병욱이가 아는 만큼 절실(切實)하게, 단단하게 알지는 못한다. 그러나 방금 눈에 보는 사실이 그네에게 산 교육을 주었다. 그것은 학교에서도 배우지 못할 것이요, 큰 웅변95에서도 배우지 못할 것이었다.

일동의 정신은 긴장하였다. 더구나 영채는 아직도 이러한 큰 문제를 논란하는 것을 듣지 못하였다. '어떻게 하면 저들을 구제하나?' 함은 참 큰 문제였다. 이러한 큰 문제를 논란하는 형식과 병욱은 매우 큰 사람같이 보였다. (…중략…) 그러고 한 번 더 형식을 보았다. 형식은

"옳습니다. 교육으로, 실행으로 저들을 가르쳐야지요, 인도해야지요! 그러나 그것은 누가 하나요?" 하고 형식은 입을 꼭 다문다. 세 처녀는 몸에 소름이 끼

---

93. 구제(救濟)란 자연적인 재해나 사회적인 피해를 당하여 어려운 처지에 있는 사람을 도와줌을 의미한다.
94. 인도는 이끌어 지도함을 의미한다.
95. 웅변(雄辯)은 조리가 있고 막힘이 없이 당당하게 말함을 의미하거나 또는 그런 말이나 연설을 말한다.

친다. 형식은 한 번 더 힘 있게

"그것을 누가 하나요?" 하고 세 처녀를 골고루 본다. 세 처녀는 아직도 경험하여 보지 못한 듯한 말할 수 없는 정신의 감동을 깨달았다. 그러고 일시에 소름이 쪽 끼쳤다. 형식은 한 번 더

"그것을 누가 하나요?" 하였다.

"우리가 하지요!" 하는 대답이 기약[96]하지 아니하고 세 처녀의 입에서 떨어진다. 네 사람의 눈앞에는 불길이 번쩍하는 듯하였다. 마치 큰 지진이 있어서 온 땅이 떨리는 듯하였다. 형식은 한참 고개를 숙이고 앉았더니

ⓒ"옳습니다. 우리가 해야지요! 우리가 공부하러 가는 뜻이 여기 있습니다. 우리가 지금 차를 타고 가는 돈이며 가서 공부할 학비를 누가 주나요? 조선이 주는 것입니다. 왜? 가서 힘을 얻어 오라고, 지식을 얻어 오라고, 문명을 얻어 오라고…… 그리해서 새로운 문명 위에 튼튼한 생활의 기초를 세워 달라고…… 이러한 뜻이 아닙니까" 하고 조끼 호주머니에서 돈지갑을 내어 푸른 차표를 내어 들면서

"이 차표 속에는 저기서 들들 떠는 저 사람들…… 아까 그 젊은 사람의 땀도 몇 방울 들었어요! 부디 다시는 이러한 불쌍한 경우를 당하지 말게 하여 달라고요!" 하고 형식은 새로 결심하는 듯이 한번 몸과 고개를 흔든다. 세 처녀도 그와 같이 몸을 흔들었다.

이때에 네 사람의 가슴 속에는 꼭 같은 '나 할 일'이 번개같이 지나간다. 너와 나라는 차별이 없이 온통 한몸, 한마음이 된 듯하였다.

선형도 아까 영채가 '제 물 끓여 올게요' 하고 자기의 손목을 잡아 앉힐 때부터 차차 영채가 정다운 생각이 나고 또 영채가 지은 노래를 셋이 합창할 때에는 영채의 손을 잡아 주도록 정다운 생각이 나고, 또 지금 세 사람이 일제히 '우리지요!' 할 때에 더욱 영채가 정답게 되었다. 그리고 형식이가 지금 병욱과

96. 기약(期約)은 때를 정하여 약속함을 의미하거나 또는 그런 약속을 말한다.

문답할 때에는 그 얼굴에 일종 거룩하고 엄숙한 기운이 보여 지금껏 자기가 그에게 대하여 하여 오던 생각이 죄송한 듯하다. 자기는 언제까지 형식과 영채를 같이 사랑하고 싶었다. 그래서 새로이 형식과 영채의 얼굴을 보았다.

형식은 숙였던 고개를 들어

ⓔ"우리가 늙어 죽게 될 때에는 기어이 이보다 훨씬 좋은 조선을 보도록 합시다. 우리가 게으르고 힘없던 우리 조상을 원통히 여기는 것을 생각하여 우리는 우리 자손에게 고마운 조상이라는 말을 듣게 합시다" 하고 웃으며, "그런데, 이 자리에서 우리가 장래 나갈 길이나 서로 말합시다" 하고 세 사람을 본다. 세 사람도 그제야 엄숙하던 얼굴이 풀리고 방그레 웃는다.

1. ⓛ에서 형식이 말하는 '과학'과 '지식'은 어떠한 것일지 이야기해 보자.

2. 윗글에서 인물들은 조선이 어려움에 처한 원인과 그 해결 방법에 대해 논의한다. 이들이 생각하는 문제의 원인과 해결 방법은 무엇인지 찾아보자.

3. ⓒ과 ⓔ을 참고하여 형식이 유학을 떠나는 목적과 이를 통해 알 수 있는 형식의 성격에 대해 논의해 보자.

1. 장편소설 『무정』의 전체 줄거리는 다음과 같이 정리해 볼 수 있다. 앞서 학
   습한 '작품 읽기 1', '작품 읽기 2' 그리고 전체 줄거리를 참조하여 이형식,
   박영채, 김선형의 관계가 함의하는 것에 대해 당시의 시대 상황을 고려하
   여 생각해 보자.

   경성학교 영어교사인 이형식은 미국 유학을 준비하는 김선형을 만나 개
   인 지도를 하던 중 이성적인 호감을 느낀다. 그런데 때마침 이형식 앞에
   십여 년 전 큰 은혜를 입은 옛 은사의 딸이자 정혼자였던 박영채가 7년 만
   에 나타난다. 이형식은 근대적인 여성인 김선형과 전통적인 여성인 박영
   채 사이에서 갈등한다. 한편 기생이 된 박영채는 경성학교 배 학감에게 겁
   탈을 당하고 자살을 결심한 후 평양으로 떠나고, 이형식은 박영채를 따라
   가지만 둘은 만나지 못한다. 평양으로 가는 기차 안에서 박영채는 일본 도
   쿄 유학생인 여학생 김병욱을 만나 새로운 삶의 희망을 되찾고 김병욱을
   따라 도쿄에 가서 음악 공부를 하기로 결심한다. 박영채와 김병욱은 일본
   으로 유학을 떠나는 길에 때마침 미국 유학길에 오르던 이형식과 김선형
   을 부산으로 가는 기차 안에서 만난다. 어색한 동행을 하게 된 네 사람은
   삼랑진에 홍수가 나서 기차가 멈추자 수해 현장을 목격한다. 기차에서 내
   린 네 사람은 수재민을 돕기 위한 자선 음악회를 열고 이 과정에서 이들
   사이의 갈등도 해소된다. 네 사람은 고통 받는 조선인들을 계몽하기 위해
   각자 유학을 마치면 조선으로 돌아와 문명사상의 보급에 함께 힘쓸 것을
   다짐한다.

2. 『무정』에서 영채와 병욱은 평양으로 가는 기차 안에서 처음 만난다. 이후
   일본으로 가려는 영채와 병욱이 미국으로 유학을 떠나는 형식과 선형을 만
   나는 장소도 기차 안이다. 이렇듯 이광수의 소설에서는 '기차에서의 우연
   한 만남'이 빈번하게 나타나며, 특히 『무정』에서 기차는 서사의 진행에 주
   요한 장치로 등장한다. 다음에 제시된 (A)와 (B)를 통해 이 소설에서 기차
   가 함의하는 것은 무엇일지 이야기해 보자. 아울러 (B)에 등장하는 전차와
   인력거, 수레바퀴와 증기, 전기기관 등의 소리는 무엇을 상징하는지 생각
   해 보자.

   (A) 더구나 기차 속에서 병욱을 만나며 자기가 지금껏 유일한 세상으로
   알아 오던 세상이 기실 보잘것없는 허깨비에 지나지 못하는 것과 인생에
   는 자유롭고 즐거운 넓은 세상이 있는 것을 깨닫고, 이에 비로소 영채는
   자유로운 사람이 되고 젊은 사람이 되고 젊고 어여쁜 여자가 된 것이라.
   영채의 가슴에는 이제야 비로소 사람의 피가 끓기 시작하고 사람의 정이
   타기를 시작한다. 영채는 자기의 마음이 전혀 변하여진 것을 생각한다. 마
   치 애초부터 어둡고 좁은 옥 속에서 지내다가 처음 햇빛 있고 바람 불고
   꽃 피고 새 우는 세상에 나온 것 같다.

   (B) 차가 남대문에 닿았다. 아직 다 어둡지는 아니하였으나 사방에 반작
   반작 전기등이 켜졌다. 전차 소리, 인력거 소리, 이 모든 소리를 합한 '도
   회의 소리'와 넓은 플랫폼에 울리는 나막신 소리가 합하여 지금까지 고요
   한 자연 속에 있던 사람의 귀에는 퍽 소요하게 들린다. '도회의 소리!' 그
   러나 그것이 '문명의 소리'다. 그 소리가 요란할수록에 그 나라가 잘된다.
   수레바퀴 소리, 증기와 전기기관 소리, 쇠망치 소리…… 이러한 모든 소
   리가 합하여서 비로소 찬란한 문명을 낳는다. 실로 현대의 문명은 소리의

문명이라. 서울도 아직 소리가 부족하다. 종로나 남대문통에 서서 서로 말소리가 아니 들리리만큼 문명의 소리가 요란하여야 할 것이다. 그러나 불쌍하다. 서울 장안에 사는 삼십여 만 흰옷 입은 사람들은 이 소리의 뜻을 모른다. 또 이 소리와는 상관이 없다. 그네는 이 소리를 들을 줄을 알고, 듣고 기뻐할 줄을 알고, 마침내 제 손으로 이 소리를 내도록 되어야 한다. 저 플랫폼에 분주히 왔다 갔다 하는 사람들 중에 몇 사람이나 이 분주한 뜻을 아는지, 왜 저 전등이 저렇게 많이 켜지며, 왜 저 전보 기계와 전화 기계가 저렇게 불분주야[97]하고 때각거리며, 왜 저 흉물스러운 기차와 전차가 주야로 달아나는지…… 이 뜻을 아는 사람이 몇몇이나 되는가.

....

97. 불분주야(不分晝夜)란 밤낮을 가리지 아니하고 힘써 노력함을 의미한다.

이광수의 『무정』은 아래와 같이 끝난다. 여기서 조선은 문명개화 사상을 받아들여 큰 진보를 이루고 상공업과 산업 역시도 크게 발달하는 것으로 묘사된다. 즉 조선의 앞날은 낙관적인 전망으로 가득 차 있다. 하지만 역사와 현실은 그렇게 진행되지 않았다. 『무정』의 『매일신보』 연재가 끝나고 얼마 지나지 않은 시기인 1919년에 일제의 식민지 정책에 반발하는 3·1운동이 일어났다.

염상섭의 『만세전』(1924)은 3·1운동 직전인 1918년 겨울의 조선 현실을 형상화하면서 '구더기'가 득실대는 '무덤'으로 표현한다. 염상섭의 『만세전』을 읽고 두 작품의 현실 인식 차이에 대해 이야기해 보자.

나중에 말할 것은 형식 일행이 부산서 배를 탄 뒤로 조선 전체가 많이 변한 것이다. 교육으로 보든지 경제로 보든지 문학 언론으로 보든지, 모든 문명 사상의 보급으로 보든지 다 장족의 진보를 하였으며, 더욱 하례[98]할 것은 상공업의 발달이니 경성을 머리로 하여 각 대도회에 석탄 연기와 쇠망치 소리가 아니 나는 데가 없으며 연래에 극도에 쇠하였던 우리의 상업도 점차 진흥하게 됨이라.

아아, 우리 땅은 날로 아름다워 간다. 우리의 연약하던 팔뚝에는 날로 힘이 오르고 우리의 어둡던 정신에는 날로 빛이 난다. 우리는 마침내 남과 같이 번적하게 될 것이로다. 그러할수록에 우리는 더욱 힘을 써야 하겠고 더욱 큰 인물─큰 학자, 큰 교육가, 큰 실업가, 큰 예술가, 큰 발명가, 큰 종교가가 나야 할 터인데, 더욱더욱 나야 할 터인데 마침 금년 가을에는 사방으로 돌아오는 유학생과 함께 형식, 병욱, 영채, 선형 같은 훌륭한 인물을 맞아들일 것이니 어찌 아니 기쁠까. 해마다 각 전문학교에서는 튼튼한 일꾼이 쏟아져 나오고 해마다 보통학교 문으로는 어여쁘고 기운찬 도련님, 작은아씨 들이 들어가는

---

98. 하례(賀禮)는 축하하여 예를 차림을 의미한다.

구나! 아니 기쁘고 어찌하랴.

어둡던 세상이 평생 어두울 것이 아니요, 무정하던 세상이 평생 무정할 것이 아니다. 우리는 우리 힘으로 밝게 하고, 유정하게 하고, 즐겁게 하고, 가멸게[99] 하고, 굳세게 할 것이로다.

기쁜 웃음과 만세의 부르짖음으로 지나간 세상을 조상[100]하는 『무정』을 마치자.

---

99. 가멸다는 재산이나 자원 따위가 넉넉하고 많다는 것을 의미한다.
100. 조상(弔喪)은 남의 죽음에 대하여 슬퍼하는 뜻을 드러내어 상주(喪主)를 위문함을 의미하거나 또는 그 위문을 말한다.

2 소설의 배경:
이효석 「메밀꽃 필 무렵」

〈출처 공유마당〉

    소설에는 사건이 일어나는 시간적·공간적 환경과 사회적·역사적 상황이 나타나 있다. 이를 소설의 배경이라고 하는데, 배경은 작품에서 사건을 전개하고 인물의 심리를 나타내거나 주제를 형상화하는 데 효과적인 장치가 된다. 작품의 분위기를 조성할 뿐만 아니라 인물의 행동이나 사건에 사실성이나 현장감을 부여하기 때문이다. 또 인물의 심리나 앞으로 일어날 사건을 암시하기도 하면서 작품의 주제를 부각시키는 데 기여한다.

소설의 배경을 구체적으로 형상화하기 위해서는 특히 묘사가 필요하다. 묘사란 표현할 대상에 대해 모양, 색채, 소리, 감촉, 냄새 등 관찰하거나 감각한 바를 그림을 그리듯이 보여주는 서술 방식이다. 묘사는 서술자가 직접 인물, 사건, 배경을 설명하는 것보다 독자들이 스스로 장면을 상상하도록 이끌기 때문에 현실감과 몰입감을 높여줄 수 있다.

이효석은 탁월한 묘사가로 유명하다. 단편소설 「메밀꽃 필 무렵」(1936)을 읽으며, 보름달빛에 젖은 메밀꽃 길을 환상적으로 세밀히 묘사하여 향토적 서정성, 낭만성을 극대화시킨 배경의 역할에 주목해 보자.

(가) 여름장이란 애시당초에 글러서 해는 아직 중천에 있건만 장판은 벌써 쓸쓸하고 더운 햇발이 벌여 놓은 전101 휘장102 밑으로 등줄기를 훅훅 볶는다. 마을 사람들은 거지반 돌아간 뒤요 팔리지 못한 나무꾼 패가 길거리에 궁싯거리고들103 있으나 석유병이나 받고 고기 마리나 사면 족할 이 축들을 바라고 언제까지든지 버티고 있을 법은 없다. 춥춥스럽게104 날아드는 파리 떼도 장난꾼 각다귀105들도 귀찮다. 얼금뱅이106요 왼손잡이인 드팀전107의 허 생원은 기어코 동업의 조 선달을 낚아 보았다.

"그만 걷을까."

"잘 생각했네. 봉평 장에서 한 번이나 흐뭇하게 사 본 일 있었을까. 내일 대화 장에서나 한몫 벌어야겠네."

"오늘 밤은 밤을 새서 걸어야 될 걸."

"달이 뜨렷다."

절렁절렁 소리를 내며 조 선달이 그날 산 돈을 따지는 것을 보고 허 생원은 말뚝에서 넓은 휘장을 걷고 벌여 놓았던 물건을 거두기 시작하였다. 무명필과 주단바리108가 두 고리짝109에 꼭 찼다. 멍석110 위에는 천 조각이 어수선하게 남았다.

---

101. 전(廛)은 물건을 벌여 놓고 파는 가게이다.
102. 휘장은 피륙을 여러 폭으로 이어서 빙 둘러치는 장막을 뜻한다.
103. 궁싯거리다는 몸을 이리저리 뒤척거리거나 머뭇거리는 행동이다.
104. 춥춥스럽다는 태도나 행동이 정갈하지 못하고 지저분한 데가 있다는 의미이다.
105. 각다귀는 모기와 비슷하나 크기는 더 큰 각다귓과의 곤충을 이르는 말이다.
106. 얼금뱅이는 얼굴이 얼금얼금 얽은 사람을 낮잡아 이르는 말이다.
107. 드팀전은 예전에, 옷감을 팔던 가게를 뜻한다.
108. 주단(綢緞)은 품질이 좋은 비단이고, 바리는 말이나 소 등에 실은 짐을 뜻한다.
109. 고리짝은 주로 옷을 넣어 두는 데 쓰는 상자같이 만든 물건을 의미한다.
110. 멍석은 짚으로 만든 큰 깔개이다.

다른 축들도 벌써 거의 전들을 걷고 있었다. 약빠르게 떠나는 패도 있었다. 어물장사도, 땜장이도, 엿장사도, 생강장사도 꼴들이 보이지 않았다. 내일은 진부와 대화에 장이 선다. 축들은 그 어느 쪽으로든지 밤을 새며 육칠십 리 밤길을 타박거리지 않으면 안 된다.

(나) "생원 당나귀가 바[111]를 끊구 야단이에요."

"각다귀들 장난이지 필연코."

짐승도 짐승이려니와 동이의 마음씨가 가슴을 울렸다. 뒤를 따라 장판을 달음질하려니 게슴츠레한[112] 눈이 뜨거워질 것 같다.

"부락스런[113] 녀석들이라 어쩌는 수 있어야죠."

"나귀를 몹시 구는[114] 녀석들은 그냥 두지는 않을걸."

반평생을 같이 지내 온 짐승이었다. 같은 주막에서 잠자고 같은 달빛에 젖으면서 장에서 장으로 걸어 다니는 동안에 이십 년의 세월이 사람과 짐승을 함께 늙게 하였다. 까스러진[115] 목 뒤 털은 주인의 머리털과도 같이 바스러지고, 개진개진 젖은 눈은 주인의 눈과 같이 눈곱을 흘렸다. 몽당비[116]처럼 짧게 슬리운 꼬리는 파리를 쫓으려고 기껏 휘저어 보아야 벌써 다리까지는 닿지 않았다. 닳아 없어진 굽을 몇 번이나 도려내고 새 철을 신겼는지 모른다. 굽은 벌써 더 자라나기는 틀렸고 닳아 버린 철 사이로는 피가 빼짓이 흘렀다. 냄새만 맡고도 주인을 분간하였다. 호소하는 목소리로 야단스럽게 울며 반겨한다.

어린아이를 달래듯이 목덜미를 어루만져 주니 나귀는 코를 벌름거리고 입을 투르르거렸다. 콧물이 뛰었다. 허 생원은 짐승 때문에 속도 무던히도 썩였

111. 바는 삼이나 칡 따위로 세 가닥을 지어 굵다랗게 드린 줄이다.
112. 게슴츠레하다는 졸리거나 술에 취해서 눈이 흐리멍덩하며 거의 감길 듯한 상태이다.
113. 부락스럽다는 거칠거나 험상궂은 데가 있다는 의미이다.
114. 몹시는 더할 수 없이 심하다는 뜻으로, 몹시 굴다는 학대한다는 의미의 방언이다.
115. 까스러지다는 잔털 따위가 거칠게 일어난 상태이다.
116. 몽당비는 끝이 거의 다 닳아서 없어진 빗자루이다.

다. 아이들의 장난이 심한 눈치여서 땀 밴 몸뚱아리가 부들부들 떨리고 좀체 흥분이 식지 않는 모양이었다. 굴레가 벗어지고 안장도 떨어졌다. 요 몹쓸 자식들 하고 허 생원은 호령을 하였으나 패들은 벌써 줄행랑을 논 뒤요 몇 남지 않은 아이들이 호령에 놀라 비슬비슬 멀어졌다.

"우리들 장난이 아니우. 암놈을 보고 저 혼자 발광이지."

코흘리개 한 녀석이 멀리서 소리를 쳤다.

"고 녀석 말투가."

"김 첨지 당나귀가 가버리니까 온통 흙을 차고 거품을 흘리면서 미친 소같이 날뛰는 걸. 꼴이 우스워 우리는 보고만 있었다우. 배를 좀 보지."

아이는 앵돌아진[117] 투로 소리를 치며 깔깔 웃었다. 허 생원은 모르는 결에 낯이 뜨거워졌다. 뭇 시선을 막으려고 그는 짐승의 배 앞을 가려 서지 않으면 안 되었다.

"늙은 주제에 암새[118]를 내는 셈이야. 저놈의 짐승이."

아이의 웃음소리에 허 생원은 주춤하면서 기어코 견딜 수 없어 채찍을 들더니 아이를 쫓았다.

"쫓으려거든 쫓아 보지. 왼손잡이가 사람을 때려."

줄달음에 달아나는 각다귀에는 당하는 재주가 없었다. 왼손잡이는 아이 하나도 후릴 수 없다. 그만 채찍을 던졌다. 술기도 돌아 몸이 유난스럽게 화끈거렸다.

"그만 떠나세. 녀석들과 어울리다가는 한이 없어. 장판의 각다귀들이란 어른보다도 더 무서운 것들인 걸."

조 선달과 동이는 각각 제 나귀에 안장을 얹고 짐을 싣기 시작하였다. 해가 꽤 많이 기울어진 모양이었다.

117. 앵돌아지다는 노여워서 토라지거나 홱 틀려 돌아가는 것을 뜻한다.
118. 암새는 암컷의 냄새를 의미한다.

1. (가)를 참고하여 오일장의 풍경과 허 생원과 같은 '장돌뱅이'의 삶을 상상해 보자.

2. (나)를 읽으며 작가가 왜 당나귀를 자세히 묘사하였을지 추측해 보자.

3. 허 생원의 왼손잡이 특성이 당대에 어떻게 인식되고 있었는지 이야기해 보자.

　드팀전 장돌이를 시작한 지 이십 년이나 되어도 허 생원은 봉평 장을 빼놓은 적은 드물었다. 충주, 제천 등의 이웃 군에도 가고 멀리 영남 지방도 헤매기는 하였으나 강릉쯤에 물건 하러 가는 외에는 처음부터 끝까지 군내를 돌아다녔다. 닷새만큼씩의 장날에는 달보다도 확실하게 면에서 면으로 건너간다. 고향이 청주라고 자랑삼아 말하였으나 고향에 돌보러 간 일도 있는 것 같지는 않았다. 장에서 장으로 가는 길의 아름다운 강산이 그대로 그에게는 그리운 고향이었다. 반날 동안이나 뚜벅뚜벅 걷고 장터 있는 마을에 거지반[119] 가까웠을 때 지친 나귀가 한바탕 우렁차게 울면— 더구나 그것이 저녁녘이어서 등불들이 어둠 속에 깜박거릴 무렵이면 늘 당하는 것이건만 허 생원은 변치 않고 언제든지 가슴이 뛰놀았다.

　젊은 시절에는 알뜰하게 벌어 돈푼이나 모아 본 적도 있기는 있었으나 읍내에 백중[120]이 열린 해 호탕스럽게 놀고 투전[121]을 하고 하여 사흘 동안에 다 털어버렸다. 나귀까지 팔게 된 판이었으나 애끊는 정분에 그것만은 이를 물고 단념하였다. 결국 도로아미타불[122]로 장돌이를 다시 시작할 수밖에는 없었다. 짐승을 데리고 읍내를 도망해 나왔을 때에는 너를 팔지 않기 다행이었다고 길가에서 울면서 짐승의 등을 어루만졌던 것이었다. 빚을 지기 시작하니 재산을 모을 염(念)은 당초에 틀리고 간신히 입에 풀칠을 하러 장에서 장으로 돌아다니게 되었다.

　호탕스럽게 놀았다고는 하여도 계집 하나 후려[123] 보지는 못하였다. 계집이

---

119. 거지반은 거의 절반을 의미한다.
120. 백중(百中)은 음력 7월 15일로, 여러 과실과 음식을 마련하여 즐기는 전통 명절이다.
121. 투전은 여러 가지 그림이나 문자 따위를 넣어 끗수를 표시한 종이조각을 가지고 승부를 가리는 노름이다.
122. 도로아미타불은 관용구로, 애쓴 일이 소용없게 되어 처음의 상태로 되돌아간 것과 같음을 이르는 말이다.
123. 후리다는 매력으로 남을 유혹하여 정신을 흐리게 한다는 뜻이다.

란 쌀쌀하고 매정한 것이었다. 평생 인연이 없는 것이라고 신세가 서글퍼졌다. 일신에 가까운 것이라고는 언제나 변함없는 한 필의 당나귀였다.

그렇다고는 하여도 꼭 한 번의 첫 일을 잊을 수는 없었다. 뒤에도 처음에도 없는 단 한 번의 괴이한 인연. 봉평에 다니기 시작한 젊은 시절의 일이었으나 그것을 생각할 적만은 그도 산 보람을 느꼈다.

"달밤이었으나 어떻게 해서 그렇게 됐는지 지금 생각해도 도무지 알 수 없어."

허 생원은 오늘 밤도 또 그 이야기를 끄집어내려는 것이다. 조 선달은 친구가 된 이래 귀에 못이 박히도록 들어 왔다. 그렇다고 싫증을 낼 수도 없었으나 허 생원은 시침을 떼고 되풀이할 대로는 되풀이하고야 말았다.

"달밤에는 그런 이야기가 격에 맞거든."

조 선달 편을 바라는 보았으나 물론 미안해서가 아니라 달빛에 감동하여서였다. 이지러는 졌으나[124] 보름을 갓 지난 달은 부드러운 빛을 흐뭇이 흘리고 있다. 대화까지는 칠십 리의 밤길, 고개를 둘이나 넘고 개울을 하나 건너고 벌판과 산길을 걸어야 된다. 길은 지금 긴 산허리에 걸려 있다. 밤중을 지난 무렵인지 죽은 듯이 고요한 속에서 짐승 같은 달의 숨소리가 손에 잡힐 듯이 들리며, 콩 포기와 옥수수 잎새가 한층 달에 푸르게 젖었다. 산허리는 온통 메밀밭이어서 피기 시작한 꽃이 소금을 뿌린 듯이 흐뭇한 달빛에 숨이 막힐 지경이다. 붉은 대궁[125]이 향기같이 애잔하고 나귀들의 걸음도 시원하다. 길이 좁은 까닭에 세 사람은 나귀를 타고 외줄로 늘어섰다. 방울 소리가 시원스럽게 딸랑딸랑 메밀밭께로 흘러간다. 앞장선 허 생원의 이야기 소리는 꽁무니에 선 동이에게는 확적히는[126] 안 들렸으나 그는 그대로 개운한 제 멋에 적적하지는 않았다.

---

124. 이지러지다는 달 따위가 한쪽이 차지 않은 상태이다.
125. 대궁은 '대(竹)' 방언으로, 식물의 줄기를 뜻한다.
126. 확적하다는 정확하게 맞아 조금도 틀리지 아니한 것이다.

"장 선 꼭 이런 날 밤이었네. 객줏집127 토방128이란 무더워서 잠이 들어야지. 밤중은 돼서 혼자 일어나 개울가에 목욕하러 나갔지. 봉평은 지금이나 그제나 마찬가지나 보이는 곳마다 메밀밭이어서 개울가가 어디 없이 하얀 꽃이야. 돌밭에 벗어도 좋을 것을 달이 너무도 밝은 까닭에 옷을 벗으러 물방앗간으로 들어가지 않았나. 이상한 일도 많지. 거기서 난데없는 성 서방네 처녀와 마주쳤단 말이네. 봉평서야 제일가는 일색이었지."

"팔자에 있었나 보지."

아무렴 하고 응답하면서 말머리를 아끼는 듯이 한참이나 담배를 빨 뿐이었다. 구수한 자줏빛 연기가 밤기운 속에 흘러서는 녹았다.

127. 객줏집은 상인들을 재워 주는 영업을 하는 집을 뜻한다.
128. 토방은 방에 들어가는 문 앞에 좀 높이 편평하게 다진 흙바닥이다.

1. 한국 지도를 보면서 허 생원이 이동했던 경로를 살펴보자.

2. 허 생원이 돈을 모았던 적도 있으나 '장돌뱅이' 생활을 다시 하게 된 내력을 이야기해 보자.

3. 허 생원이 자연스럽게 추억 이야기를 펼쳐놓을 만큼 낭만적인 달밤의 묘사에서 공감각적 표현이 사용된 곳을 찾아보자.

1. 이 소설에는 봉평에서 태어나 아버지를 모른 채 홀어머니 밑에서 자란 동이의 사연이 나온다. 허 생원은 개울에 빠진 자신을 업어 준 동이에게 신비한 혈육의 정을 느끼는데, 특히 동이가 왼손으로 채찍을 들고 있는 것을 보고 놀란다. 이와 같은 허 생원의 감정 및 결말을 어떻게 이해할 수 있을지 토론해 보자.

2. 소설에서 배경 묘사의 중요함을 이해하고 내가 소중히 여기는 사물을 묘사해 보자.

　이효석은 「메밀꽃 필 무렵」에서처럼 친자연적인 배경을 서정적 문체로 묘사하는 데 탁월하기도 했지만, 도시의 근대적 풍경과 심성을 세밀하게 포착하고 그려내기도 했다. 이층집의 발코니를 소재로 돈에 의해 공간과 시선이 차별화되는 상황을 그린 수필 「상하의 윤리」(1939)를 감상해 보자.

　이웃집이 석조 이층이자 층 위에 남북으로 넓은 노대[129]가 달려 있어서 집 안 사람들의 조망의 터가 되는 까닭에 층 아래의 거주자인 이편으로는 여름철이면 단층의 비애를 절실히 느끼게 된다. 더운 김에 노대에 의자를 내놓고 바람을 맞으며 사방을 굽어보고 하계[130]를 조망함이 그편으로 보면 마땅도 하고 쾌적한 일이다. 조망의 대상이 되는 하계의 주민으로 보면 이같이 불유쾌한 일이 없어 아침 저녁으로 사람의 그림자가 높은 곳에 어릿거릴 때 무시로 신경의 자극을 받게 되어 부질없이 제 몸을 살피게 된다. 여름의 습속은 다 마찬가지, 집안에서는 문을 열어젖히고 옷을 벗어부치고 기탄없는 해방의 방법으로밖에는 더위를 물리칠 수 없는 것이나 그 방일[131]의 습속이 외계의 시선에 부딪히고 있음을 알 때 몸에 거미나 와 닿은 듯 소름이 끼친다.

　한번은 아이가 오른 것을 호되게 꾸짖어 주고 불쾌의 의사를 노골적으로 표시해 두었던 까닭에 그 후로는 얼마간들 겸양하는 눈치이기는 하나 그래도 지각없는 젊은 축이 아직도 해뜻해뜽 자태를 보이며 철난간에 의지해서 때로는 말을 걸어온다. 행여나 방구석에 숨어 쌍안경으로 거리의 수많은 방안에다 초점을 맞추면서 악질의 장난이나 치지 않을까, 아닌 걱정이 나며 층 위의 그들을 결코 친밀한 낯으로는 대하지 못하게 되었다. 뒷집에서는 언제인가 노대의

---

129. 노대(露臺)는 이층 이상의 양옥에서 건물 벽면 바깥으로 돌출되어 난간이나 낮은 벽으로 둘러싸인 마루 즉 발코니를 뜻한다.
130. 하계(下界)는 높은 곳에서 낮은 곳을 이르는 말이다.
131. 방일(放逸)은 제멋대로 거리낌 없이 방탕하게 노는 것이다.

시선에 마주쳐 크게 봉변을 당했다 해서 담 위에 높은 함석판장을 세우고 노대의 시선의 지경을 막는 둥 고심을 했다는 것이 남의 일 같지 않게 들린다.

가진 사람이 가진 것을 부끄러워한 적이 있었으나 오늘에는 그들은 자기의 유산을 터놓고 자랑하고 뽐내게 되었다. 있어도 없는 척 그것이 마치 하나의 유행인 듯 일부러 궁태를 지니고 가난을 말하고 확실히 그 무엇에 위협을 당하고 있는 듯이 전전긍긍 옴츠리고 있었던 시대가 전설같이 멀다. 오늘은 벌써 아무도 그러지 않는다. 위협하는 마귀가 없어진 것이다. 친구 간에는 돈 있는 것이 자랑이 되었고, 문화인이 거리에서 행세를 함에는 항산132의 다과133가 기준이 되고, 큰 저택을 가진 사람은 그것으로써 사회의 자격이 커지고 옷섶이 넓어졌다. 그들에게는 안전하고 좋은 시절이 온 것이다. 부질없이 떨고 걱정하고 대중의 낯빛을 살피지 않아도 좋게 되었다. 이층의 거주자가 옷자락을 헤치고 노대에서 거들거려도 좋은 것이며 행여나 그들을 욕주고 돌총을 던진 사람은 없다. 그런 계급은 몰싹 주저앉아버리고 대중은 양같이 순하게들 되었다.

그러나 이것이 노대의 종족의 발호의 이유라면 나는 그들을 두 겹으로 경멸하려는 것이다. 때가 변했어도 종족의 구별은 더욱 엄연한 것이며, 때의 그림자에 숨어 숨을 크게 쉬는 자라면 산을 등진 범같이 더욱 얄미울 뿐이다. 층위의 범들의 버릇없는 꼴들을 보며 이것을 느낌은 개인적인 반감에서 오는 편견만은 아닐 듯 싶다. 그러나 어떻든 노대의 시선을 무엇으로 막아낼까가 내게는 초미의 문제이며 여름철에 아닌 신경의 낭비는 원(怨)되는 바 크다.

---

132. 항산(恒産)은 살아갈 수 있는 일정한 재산이나 생업을 의미한다.
133. 다과(多寡)는 수효의 많고 적음을 뜻한다.

3 소설의 시점: 주요섭 「사랑손님과 어머니」

〈잡지 『조광』 1935년 11월호에 실린 「사랑손님과 어머니」. 출처 국립중앙도서관〉

　　한국 전래동화 중에 소금 장수와 우산 장수를 아들로 둔 어머니 얘기가 있다. 비가 오면 소금 장수 아들 걱정을, 날이 맑으면 우산 장수 아들 걱정을 하던 어머니가 마음을 바꿔 비가 오면 우산 장수 아들 덕분에, 날이 맑으면 소금 장수 아들 덕분에 행복해했다는 이야기이다. 같은 상황에 처했더라도 어떤 관점으로 바라보느냐에 따라 해석이 매우 달라질 수 있다는 것을 단적으로 보여주는 예이다.

소설에서도 인물이나 사건을 바라보는 서술자의 시점은 중요한 차이를 만들어낸다. 소설의 서술자란 인물이 사건을 만들고 전개해 가는 과정을 독자에게 전달하는 작가의 허구적 대리인을 의미한다. 소설의 서술자가 작품 안에 위치하는지 밖에 위치하는지, 서술자가 주인공인지 관찰자인지에 따라 서술자가 보거나 느끼고 말할 수 있는 능력과 특성이 달라진다. 예를 들어 인물의 성격이나 심리를 제시할 때 서술자의 성격상 직접적으로 말하기(telling)가 가능한 경우도 있지만, 간접적으로 보여주기(showing)로 형상화해야 하는 경우도 있다.

여기에서는 주요섭의 「사랑손님과 어머니」(1935)를 읽어보면서 작가가 어떤 서술자를 선택하여 사건을 전개시키고 있는지 주의 깊게 살펴보고, 그 시점이 가진 효과와 한계에 대해 논의해 보자.

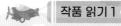

나는 금년 여섯 살 난 처녀애입니다. 내 이름은 박옥희고요, 우리집 식구라고는 세상에서 제일 예쁜 우리 어머니와 단 두 식구뿐이랍니다. 아차 큰일 날 뻔했군! 외삼촌을 빼놓을 뻔했으니.

지금 중학교에 다니는 외삼촌은 어디를 그렇게 싸돌아다니는지 집에는 끼니때[134]나 외에는 별로 붙어 있지를 않으니까 어떤 때는 한 주일씩 가도 외삼촌 코빼기[135]도 못 보는 때가 많으니까요. 깜박 잊기도 예사지요, 무얼.

우리 어머니는 그야말로 세상에서 둘도 없이 곱게 생긴 우리 어머니는 금년 나이 스물세 살인데 ㉠과부랍니다. 과부가 무엇인지 나는 잘 몰라도 하여튼 동리 사람들이 나더러는 '과부의 딸'이라고들 부르니까 우리 어머니가 과부인 줄을 알지요. 남들은 다 아버지가 있는데 나만은 아버지가 없지요. 아버지가 없다고 아마 '과부 딸'이라나 봐요. (…중략…)

나는 이 낯선 손님이 ㉡사랑방에 계시게 된다는 말을 듣고 갑자기 즐거워졌습니다. 그래서 그 아저씨 앞에 가서 사뿟이[136] 절을 하고는 그만 안마당으로 뛰어 들어왔지요. 그 아저씨와 큰외삼촌은 소리를 내서 크게 웃더군요.

나는 안방으로 들어오는 나름으로 어머니를 붙들고

"어머니, 사랑에 큰삼촌이 아저씨를 하나 데리고 왔는데 그 아저씨가 이제 사랑에 있는대." 하고 법석을 하니까

"응, 그래." 하고 어머니는 벌써 안다는 듯이 대답을 하더군요.

"언제부터 와 있나?"

"오늘부터."

----

134. 끼니때는 밥을 먹는 시간을 뜻한다.
135. 코빼기는 코를 속되게 이르는 말이다.
136. 사뿟이는 소리가 거의 나지 않을 정도로 발을 가볍에 내디디는 것이다.

"에구 좋아." 하고 내가 손뼉을 치니까 어머니는 내 손을 꼭 잡으면서

"왜 이리 수선이야."

"그럼 작은외삼촌은 어디로 가고?"

"외삼촌도 사랑에 있지."

"그럼 둘이 있나?"

"응."

"한 방에 둘이 다 있어?"

"왜, ⓒ장지문 닫고 외삼촌은 아랫방에 계시고 그 아저씨는 윗방에 계시고 그러지."

나는 그 아저씨가 어떤 사람인지는 몰랐으나 내게는 퍽 고맙게 굴고 또 나도 그 아저씨가 꼭 마음에 들었어요. 어른들이 저희끼리 말하는 것을 들으니까 그 아저씨는 돌아가신 우리 아버지와 어렸을 적 친구라고요. 어디 먼 데 가서 공부를 하다가 요새 돌아왔는데 우리 동리 학교 교사로 오게 되었대요. 또 우리 큰외삼촌과도 친구인데, 이 동리에는 ⓔ하숙도 별로 깨끗한 곳이 없고 해서 우리 사랑으로 와 계시게 되었다고요. 또 우리도 그 아저씨에게서 밥값을 받으면 살림에 보탬도 좀 되고 한다고요.

그 아저씨는 그림책들이 얼마든지 있어요. 내가 사랑에 가면 그 아저씨는 나를 무릎에 앉히고 그림책들을 보여줍니다. 또 가끔 사탕도 주고요. 어느 날은 점심을 먹고 살그머니 사랑에 나가보니까 아저씨는 그때에야 점심을 잡수어요. 그래 가만히 앉아서 점심 잡숫는 걸 구경하고 있노라니까 아저씨가

"옥희는 어떤 반찬을 제일 좋아하나?" 하고 묻겠지요. 그래 삶은 달걀을 좋아한다고 했더니 마침 상에 놓인 삶은 달걀을 한 알 집어 주면서 나더러 먹으라고 합니다. 나는 달걀을 벗겨 먹으면서

"아저씨는 무슨 반찬이 제일 맛나우?" 하고 물으니까 그는 한참이나 빙그레 웃고 있더니

"나도 삶은 달걀." 하겠지요. 나는 좋아서 손뼉을 짤깍짤깍 치고

"아, 나와 같네 그럼. 가서 어머니한테 알려야지." 하고 일어서니까 아저씨가 꼭 붙들면서

"그러지 말어." 그러시지요. 그래도 나는 한번 맘을 먹은 다음엔 꼭 그대로 하고야 마는 성미지요. 그래 안마당으로 뛰어 들어서면서

"어머니 어머니, 사랑 아저씨도 나처럼 삶은 달걀을 제일 좋아한대." 하고 소리를 질렀지요.

"떠들지 말어." 하고 어머니는 눈을 흘기십니다.

그러나 사랑 아저씨가 달걀을 좋아하는 것이 내게는 썩 좋게 되었어요. 그 다음부터는 어머니가 달걀을 많이씩 사게 되었으니까요. 달걀 장수 노친네[137] 가 오면 한꺼번에 열 알도 사고 스무 알도 사고, 그래선 삶아서 아저씨 상에도 놓고 또 으레 나도 한 알씩 주고 그래요. 그뿐 아니라 아저씨한테 놀러 나가면 가끔 아저씨가 책상 서랍 속에서 달걀을 한두 알 꺼내서 먹으라고 주지요. 그래 그 다음부터는 나는 아주 실컷 달걀을 많이 먹었어요. 나는 아저씨가 아주 좋았어요.

1. 밑줄 친 ㉠과부, ㉡사랑방, ㉢장지문, ㉣하숙의 의미를 찾아보며 당시의 사회적, 문화적 배경을 이해해 보자.

....

137. 노친네는 노인을 낮잡아 이르는 말이다.

2. '삶은 달걀' 소재가 가진 기능은 무엇인지 이야기해 보자.

3. 이 글의 서술자에 대해 말해 보자.

(가) 아저씨가 사랑에 와 계신 지 벌써 여러 밤을 잔 뒤입니다. 아마 한 달이나 되었지요. 나는 거의 매일 아저씨 방에 놀러 갔습니다. 어머니는 가끔 그렇게 가서 귀찮게 굴면 못쓴다[138]고 꾸지람을 하시지만 정말인즉 나는 조금도 아저씨를 귀찮게 굴지는 않았습니다. 도리어 아저씨가 나를 귀찮게 굴었지요.

"옥희 눈은 아버지를 닮았다. 그러나 그 고운 코는 아마 어머니를 닮았지, 그 입하고. 그러냐, 안 그러냐? 어머니도 옥희처럼 곱지?……" 이렇게 여러 가지로 물을 때도 있었습니다. 그래 나는

"아저씨 아직 우리 어머니 못 만나 보았수?" 하고 물었더니 아저씨는 잠잠합니다.

"우리 어머니 보러 들어갈까?" 하면서 아저씨 소매를 잡아당겼더니 아저씨는 펄쩍 뛰면서

"아니, 아니, 안 돼. 난 지금 분주해서." 하면서 나를 잡아끌었습니다. 그러나 정말로 무슨 그리 분주하지도 않은 모양이었어요. 그러기에 나더러 가란 말도 아니하고 그냥 나를 붙들고 머리도 쓰다듬고 뺨에 키스도 하고

"요 저고리 누가 해주디? 밤에 엄마하고 한자리에서 자니?"라는 등 쓸데없는 말을 자꾸만 물었지요.

그러나 웬일인지 나를 그렇게 귀애해주던 아저씨도 아랫방에 외삼촌이 들어오면 갑자기 태도가 달라지지요. 이것저것 묻지도 않고 나를 꼭 껴안지도 않고 점잖게[139] 앉아서 그림책이나 보여주고 그러지요. 아마 아저씨가 우리 외삼촌을 무서워하나 봐요.

(나) 요새 와서 어머니의 하는 일이란 참으로 알 수가 없는 노릇입니다. 어

---

138. 못쓰다는 옳지 않거나 바람직한 상태가 아닌 것을 뜻한다.
139. 점잖다는 언행이나 태도가 의젓하고 신중한 것을 의미한다.

떤 때는 어머님도 퍽 유쾌하셨습니다. 밤에 때로는 풍금[140]도 하고 또 때로는 찬송가도 부르고 그러실 때에는 나는 너무도 좋아서 가만히 어머니 옆에 앉아서 듣습니다. 그러나 가끔가끔 그 독창은 소리 없는 울음으로 끝을 맺는 때가 있는데 그런 때면 나도 따라서 울었습니다. 그러면 어머니는 나를 안고 무수히 키스하시면서

"어머니는 옥희 하나면 그뿐이야, 응, 그렇지." 하시면서 언제까지나 언제까지나 우시는 것이었습니다.

어떤 일요일 날, 그렇지요, 그것은 유치원 방학하고 난 그 이튿날이었어요. 그날 어머니는 갑자기 머리가 아프시다고 예배당에를 그만두었습니다. 사랑에서는 아저씨도 어디 나가고 외삼촌도 어디 나가고 집에는 어머니와 나와 단둘이 있었는데 머리가 아프다고 누워 계시던 어머니가 갑자기 나를 부르시더니

"옥희야, 너 아빠가 보고 싶으냐?" 하고 물으십니다.

"응, 우리도 아빠가 있으면 좋겠어." 하고 혀를 까불고 어리광을 좀 부려가면서 대답을 했습니다. 한참 동안을 어머니는 아무 말씀도 아니 하시고 천장만 바라보시더니

"옥희야, 옥희 아버지는 옥희가 세상에 나오기도 전에 돌아가셨단다. 옥희도 아빠가 없는 건 아니지. 그저 일찍 돌아가셨지. ㉠옥희가 이제 아버지를 새로 또 가지면 세상이 욕을 한단다. 옥희는 아직 철이 없어서 모르지만 세상이 욕을 한단다. 세상이 욕을 해." (…중략…)

"응, 옥희 엄마는 옥희 하나면 그뿐이야. 세상 다른 건 다 소용없어. 우리 옥희 하나면 그만이야. 그렇지, 옥희야."

"응!"

어머니는 나를 당겨서 꼭 껴안고 내 가슴이 막혀 들어올 때까지 자꾸만 껴안아 주었습니다.

140. 풍금은 페달을 밟아서 바람을 넣어 소리를 내는 건반 악기이다.

그날 밤 저녁을 먹고 나니까 어머니는 나를 불러 앉히고 머리를 새로 빗겨 주었습니다. 댕기도 새 댕기를 드려[141]주고 바지, 저고리, 치마 모두 새것을 꺼내 입혀주었습니다.

"엄마 어디가?" 하고 물으니까

"아니." 하고 웃음을 띠면서 대답합니다. 그러더니 풍금 옆에서 새로 다린[142] 하얀 손수건을 내려 내 손에 쥐어 주면서

"이 손수건 저 사랑 아저씨 손수건인데 이것 아저씨 갖다 드리고 와, 응. 오래 있지 말고 손수건만 갖다 드리고 이내 와, 응." 하고 말씀하십니다.

손수건을 들고 사랑으로 나가면서 나는 그 접힌 손수건 속에 무슨 발각발각하는 종이가 들어 있는 것처럼 생각되었습니다만 그것을 펴 보지 않고 그냥 갖다가 아저씨에게 주었습니다.

아저씨는 방에 누워 있다가 벌떡 일어나서 손수건을 받는데, 웬일인지 아저씨는 이전처럼 다 보고 빙그레 웃지도 않고 얼굴이 몹시 새파래졌습니다. 그리고는 입술을 질근질근 깨물면서 말 한마디 아니 하고 그 손수건을 받더군요.

나는 어째 이상한 기분이 들어서 아저씨 방에 들어가 앉지도 못하고 그냥 되돌아서서 안방으로 들어왔지요. 어머니는 풍금 앞에 앉아서 무엇을 그리 생각하는지 가만히 있더군요. 나는 풍금 옆에 와서 가만히 앉았지요. 이윽고 어머니는 조용조용히 풍금을 타십니다. 무슨 곡조인지는 몰라도 어째 구슬프고 고즈넉한[143] 곡조에요.

밤이 늦도록 어머니는 풍금을 타셨습니다. 그 구슬프고 고즈넉한 곡조를 계속하고 또 계속하면서.

---

141. 댕기를 드리다는 길게 땋은 머리의 끝에 장식용 헝겊이나 끈을 물리는 것을 뜻한다.
142. 다리다는 옷이나 천 따위의 주름이나 구김을 펴기 위해 다리미나 인두로 문지르는 것이다.
143. 고즈넉하다는 고요하고 아늑하다는 의미이다.

1. (가)에서 아저씨가 옥희를 귀여워하면서 하는 질문들에는 어떤 속뜻이 담겨 있는지 이야기해 보자.

2. 어머니는 왜 밑줄 친 ㉠과 같이 "옥희가 이제 아버지를 새로 또 가지면 세상이 욕을 한단다."라고 말하였는지 생각해 보자.

3. 손수건 속 종이에 옥희 어머니가 어떤 글을 남겼을까 추측해 보자.

1. 작가가 '옥희'를 서술자로 만든 이유와 관찰자 시점의 장단점에 관해 토론
   해 보자.

2. 「사랑손님과 어머니」를 어머니나 사랑손님의 관점에서 쓴다면 어떤 차이가
   생길지 논의해 보자. 더 나아가 교재에서 3인칭 관찰자 시점인 소설을 찾
   아보고 다른 시점으로 소설을 쓴다면 어떤 변화가 생길지 이야기해 보자.

수필가 피천득과 주요섭은 중국 유학 시절에 만나 오랫동안 우정을 나눈 절친한 사이였다. 피천득은 주요섭이 사망한 직후 매우 애통해하며 그를 추모하는 수필을 남겼다. 학창 시절 주요섭의 모습과 성품, 그리고 「사랑손님과 어머니」가 피천득과 그의 어머니를 모티프로 했다는 이야기가 담겨 있는 「주요섭의 문학과 생애」(1972)를 읽어 보자.

형, 나는 당신을 형이라고 불러 본 일은 없습니다. 주(朱) 선생이라고 불렀습니다. 그러나 지금 나는 형이라고 부르고 싶습니다. 형은 나에게 친형보다 더한 존재입니다. 나에게 친형이 있더라도 그러할 것입니다. 이 글을 쓰고 있는 내 눈에 눈물이 가리어 무슨 말을 쓰고 있는지 모르겠습니다.

내가 형을 처음 만난 것은 열일곱 살 났던 해, 내가 상해로 달아났을 때입니다. 나보다 8년 연상인 형은 호강대학에 재학 중이었습니다. 학교로 찾아간 나를 데리고 YMCA 식당에 가서 저녁을 사준 기억이 납니다. 나는 상해 시내에 방을 얻고 고등학교에 다니게 되었습니다. 형은 주말이면 기숙사에서 나와서 나하고 영화구경을 갔습니다. (…중략…)

대학에 있어서의 형은 특대생이었고 영자신문 주간이요, 대학 토론회 때 학년 대표요, 마닐라 극동 올림픽에 중국 대표로 출전하여 우승을 한 적도 있습니다. 형은 나의 이상적 인물이요, 그리고 모든 학생의 흠모의 대상이었습니다. 형의 앨범 첫 페이지에는 도산(島山)[144] 선생의 사진이 있었고 그 밑에는 나의 존경하는 선생님이라고 쓰여 있었습니다. 형은 3·1운동 당시 등사판 신문(「독립신문」)을 만들다가 감옥살이를 하고 북경 보인대학에 재직하고 있을 시절 항일사상이 있다 하여 일본 영사관 유치장에서 모진 고생을 겪기도 했습니다.

형은 상해대학을 마친 후 중국인 국적 여권을 가지고 미국으로 가서 스탠포

---

144. 도산 안창호는 독립협회, 신민회, 흥사단 등에서 활약한 독립운동가이다.

드대학에 다녔습니다. 그 후 귀국하여 『신동아』를 편집하셨습니다. 그때부터 나하고 방을 얻어 같이 살았습니다. 겨울 아침에 형은 우물에 가서 물을 길어 오고 나는 난로에 불을 지폈습니다. 추운 아침 물을 길러 가는 것이 힘이 든 다고 날더러 불을 지피라고 그랬습니다. 이 무렵 노산(鷺山)[145], 청전(靑田)[146] 같은 분이 늘 놀러 왔습니다. 당신이 가정을 갖게 되고 내가 상해로 다시 가 게 될 때까지 몇 해 간을 이 하숙 저 하숙으로 같이 돌아다녔습니다.

　당신의 잘 알려진 작품 「사랑손님과 어머니」의 어느 부분은 나와 우리 엄마 의 에피소드였습니다. 형이 상해 학생 시절에 쓴 「개밥」, 「인력거꾼」 같은 작 품은 당신의 인도주의적 사상에 입각한 작품이라고 봅니다. 형은 정에 치우치 는 작가입니다.

---

145. 노산 이은상은 「가고파」, 「고향생각」 등을 지은 시조시인이다.
146. 청전 이상범은 산수화를 주로 그린 동양화가이다.

4 소설의 해석:
황순원 「소나기」

〈출처 공유마당〉

소설가 황순원은 순수문학의 대가로 일컬어진다. 「소나기」(1953)를 비롯하여
「별」(1941), 「독 짓는 늙은이」(1950) 등 그의 작품들이 주로 간결하고 세련된 문체
로 서정적인 내용을 다루었기 때문이다. 이러한 황순원의 작품세계를 두고 일부

에서는 장인의 문학이라며 상찬하지만, 다른 한편에서는 그의 문학에 역사 혹은 현실이 들어 있지 않다고 비판하기도 한다.

문학을 해석하는 관점에는 크게 절대론적, 반영론적, 표현론적, 효용론적 관점이 있다. 각각의 작품 특성에 따라 어떠한 비평이 더 적절한가 고민해야 하지만, 모든 작품은 사실 저 관점들을 복합적으로 적용하여 해석할 수 있다. 문학은 역사와 현실 속에 살고 있는 작가의 삶을 반영하면서 독자를 위해 글로 쓰이는 것이기 때문이다.

일반적으로 문학은 현실을 거울처럼 반영한다는 전제 아래 작품이 쓰인 시대적 배경을 고려하여 읽는 경향이 두드러진다. 그러나 한번 생각해 보자. 문학이 역사와 현실을 반영하는 문제는 어떻게 측정할 수 있는 것인가. 더 나아가 역사와 현실이란 무엇이고, 순수하다는 것은 무엇인가. 「소나기」를 읽으며 작품 비평의 관점에 따라 이 작품이 어떻게 다르게 해석될 수 있는지 논의해 보고, 황순원에 관한 문학사적 평가에 대해서도 토론해 보자.

소년은 개울가에서 소녀를 보자 곧 윤 초시[147]네 증손녀딸이라는 걸 알 수 있었다. 소녀는 개울에다 손을 잠그고[148] 물장난을 하고 있는 것이다. 서울서는 이런 개울물을 보지 못하기나 한 듯이.

벌써 며칠째 소녀는 학교서 돌아오는 길에 물장난이었다. 그런데 어제까지는 개울 기슭에서 하더니 오늘은 징검다리 한가운데 앉아서 하고 있다.

소년은 개울둑에 앉아버렸다. 소녀가 비키기를 기다리자는 것이다.

요행 지나가는 사람이 있어 소녀가 길을 비켜 주었다.

다음 날은 좀 늦게 개울가로 나왔다.

이날은 소녀가 징검다리 한가운데 앉아 세수를 하고 있었다. 분홍 스웨터 소매를 걷어 올린 목덜미가 마냥 희었다.

한참 세수를 하고 나더니 이번에는 물속을 빤히 들여다본다. 얼굴이라도 비추어 보는 것이리라. 갑자기 물을 움켜[149] 낸다. 고기 새끼라도 지나가는 듯.

소녀는 소년이 개울둑에 앉아 있는 걸 아는지 모르는지 그냥 날쎄게 물만 움켜 낸다. 그러나 번번이 허탕이다. 그래도 재미있는 양, 자꾸 물만 움킨다. 어제처럼 개울을 건너는 사람이 있어야 길을 비킬 모양이다.

그러다가 소녀가 물속에서 무엇을 하나 집어낸다. 하얀 조약돌이었다. 그리고는 훌 일어나 팔짝팔짝 징검다리를 뛰어 건너간다. 다 건너가더니 홱 이리로 돌아서며,

"이 바보."

147. 초시(初試)는 과거의 첫 시험, 또는 그 시험에 급제한 사람을 이르거나 유식한 양반을 높여 부르는 말이다.
148. 잠그다는 물속에 물체를 넣거나 가라앉게 하는 행위를 뜻한다.
149. 움키다는 손가락을 우그리어 물건 따위를 놓치지 않도록 힘 있게 잡는 것을 의미한다.

조약돌이 날아왔다.

소년은 저도 모르게 벌떡 일어섰다. (…중략…)

다음날부터 좀 더 늦게 개울가로 나왔다. 소녀의 그림자가 뵈지 않았다. 다행이었다.

그러나 이상한 일이었다. 소녀의 그림자가 뵈지 않는 날이 계속될수록 소년의 가슴 한구석에는 어딘가 허전함이 자리잡는 것이었다. 주머니 속 조약돌을 주무르는 버릇이 생겼다.

그러한 어떤 날, 소년은 전에 소녀가 앉아 물장난을 하던 징검다리 한가운데에 앉아 보았다. 물속에 손을 잠갔다. 세수를 하였다. 물속을 들여다보았다. 검게 탄 얼굴이 그대로 비치었다. 싫었다.

소년은 두 손으로 물속의 얼굴을 움키었다. 몇 번이고 움키었다. 그러다가 깜짝 놀라 일어나고 말았다. 소녀가 이리 건너오고 있지 않느냐.

숨어서 내가 하는 꼴을 엿보고 있었구나. 소년은 달리기 시작했다. 디딤돌을 헛짚었다. 한 발이 물속에 빠졌다. 더 달렸다.

1. 소설의 배경은 무엇이며 어떤 분위기를 조성하는지 분석해 보자.

2. '조약돌' 소재의 의미는 무엇인지 생각해 보자.

3. 소녀와 소년의 성격과 심리를 추측해 보자.

소년이 참외 그루에 심은 무 밭으로 들어가, 무 두 밑을 뽑아 왔다. 아직 밑이 덜 들어 있었다. 잎을 비틀어 팽개친 후, 소녀에게 한 밑 건넨다. 그러고는 이렇게 먹어야 한다는 듯이 먼저 대강이150를 한 입 베물어 낸 다음 손톱으로 한 돌이151 껍질을 벗겨 우적 깨문다.

소녀도 따라 했다. 그러나 세 입도 못 먹고

"아, 맵고 지려."

하며 집어던지고 만다.

"참 맛없어 못 먹겠다."

소년이 더 멀리 팽개쳐 버렸다.

산이 가까워졌다.

단풍잎이 눈에 따가웠다.

"야아!"

소녀가 산을 향해 달려갔다. 이번은 소년이 뒤따라 달리지 않았다. 그러고도 곧 소녀보다 더 많은 꽃을 꺾었다.

"이게 들국화, 이게 싸리꽃, 이게 도라지꽃……."

"도라지꽃이 이렇게 예쁜 줄은 몰랐네. 난 보랏빛이 좋아! ……근데 이 양산같이 생긴 노란꽃이 뭐지?"

"마타리꽃."

소녀는 마타리꽃을 양산 받듯이 해 보인다. 약간 상기된 얼굴에 살포시 보조개를 떠올리며.

다시 소년은 꽃 한 움큼을 꺾어 왔다. 싱싱한 꽃가지만 골라 소녀에게 건넨다.

----

150. 대강이는 식물의 뿌리나 줄기의 윗부분을 이르는 말이다.
151. 돌이는 무엇의 둘레로, 한 바퀴 돌아가거나 감긴 것을 세는 단위이다.

그러나 소녀는

"하나도 버리지 말어."

산마루152께로 올라갔다.

맞은편 골짜기에 오손도손 초가집이 몇 모여 있었다.

누가 말한 것도 아닌데 바위에 나란히 걸터앉았다. 유달리 주위가 조용해진 것 같았다. 따가운 가을 햇살만이 말라가는 풀 냄새를 퍼뜨리고 있었다.

"저건 또 무슨 꽃이지?"

적잖이 비탈진 곳에 칡덩굴이 엉키어 끝물 꽃을 달고 있었다.

"꼭 등꽃 같네. 서울 우리 학교에 큰 등나무가 있었단다. 저 꽃을 보니까 등나무 밑에서 놀던 동무들 생각이 난다."

소녀가 조용히 일어나 비탈진 곳으로 간다. 꽃송이가 많이 달린 줄기를 잡고 끊기 시작한다. 좀처럼 끊어지지 않는다. 안간힘을 쓰다가 그만 미끄러지고 만다. 칡덩굴을 그러쥐었다.

소년이 놀라 달려갔다. 소녀가 손을 내밀었다. 손을 잡아 이끌어 올리며, 소년은 제가 꺾어다 줄 것을 잘못했다고 뉘우친다. (…중략…)

"저기 송아지가 있다. 그리 가 보자."

누렁송아지였다. 아직 코뚜레153도 꿰지 않았다. 소년이 고삐를 바투154 잡아 쥐고 등을 긁어 주는 척 후딱 올라탔다. 송아지가 껑충거리며 돌아간다.

소녀의 흰 얼굴이, 분홍 스웨터가, 남색 스커트가, 안고 있는 꽃과 함께 범벅이 된다. 모두가 하나의 큰 꽃묶음 같다. 어지럽다. 그러나 내리지 않으리라. 자랑스러웠다. 이것만은 소녀가 흉내 내지 못할 자기 혼자만이 할 수 있는 일인 것이다.

....

152. 산마루는 산등성이의 가장 높은 곳이다.

153. 코뚜레는 소의 콧구멍 사이를 꿰뚫어 끼는 나무 고리를 의미한다.

154. 바투는 두 대상이나 물체의 사이가 썩 가까운 정도를 말한다.

"너희 예서 뭣들 하느냐?"

농부 하나가 억새풀 사이로 올라왔다.

송아지 등에서 뛰어내렸다. 어린 송아지를 타서 허리가 상하면 어쩌느냐고 꾸지람을 들을 것만 같다.

그런데 나룻¹⁵⁵이 긴 농부는 소녀 편을 한 번 훑어보고는 그저 송아지 고삐를 풀어 내면서

"어서들 집으로 가거라. 소나기가 올라."

참 먹장구름¹⁵⁶ 한 장이 머리 위에 와 있다. 갑자기 사면이 소란스러워진 것 같다. 바람이 우수수 소리를 내며 지나간다. 삽시간에 주위가 보랏빛으로 변했다.

산을 내려오는데 떡갈나무잎에서 빗방울 듣는¹⁵⁷ 소리가 난다. 굵은 빗방울이었다. 목덜미가 선뜻선뜻했다. 그러자 대번에 눈앞을 가로막는 빗줄기.

비안개 속에 원두막이 보였다. 그리로 가 비를 그을¹⁵⁸ 수밖에.

그러나 원두막은 기둥이 기울고 지붕도 갈래갈래 찢어져 있었다. 그런대로 비가 덜 새는 곳을 가려 소녀를 들어서게 했다. 소녀는 입술이 파랗게 질려있었다. 어깨를 자꾸 떨었다.

무명 겹저고리를 벗어 소녀의 어깨를 싸 주었다. 소녀는 비에 젖은 눈을 들어 한 번 쳐다보았을 뿐, 소년이 하는 대로 잠자코 있었다. 그러면서 안고 온 꽃묶음 속에서 가지가 꺾이고 꽃이 일그러진 송이를 골라 발밑에 버린다.

소녀가 들어선 곳도 비가 새기 시작했다. 더 거기서 비를 그을 수 없었다. 밖을 내다보던 소년이 무엇을 생각했는지 수수밭 쪽으로 달려간다. 세워 놓은 수숫단 속을 비집어 보더니 옆의 수숫단을 날라다 덧세운다. 다시 속을 비집

---

155. 나룻은 입 주변이나 턱 또는 뺨에 나는 털이다.
156. 먹장구름은 먹빛같이 시꺼먼 구름이다.
157. 듣다는 눈물, 빗물 따위의 액체가 방울져 떨어지는 것이다.
158. 긋다는 비를 잠시 피하여 그치기를 기다리는 것이다.

어 본다. 그러고는 소녀 쪽을 향해 손짓을 한다.

수숫단 속은 비는 안 새었다. 그저 어둡고 좁은 게 안됐다. 앞에 나앉은 소년은 그냥 비를 맞아야만 했다. 그런 소년의 어깨에서 김이 올랐다.

소녀가 속삭이듯이, 이리 들어와 앉으라고 했다. 괜찮다고 했다. 소녀가 다시 들어와 앉으라고 했다. 할 수 없이 뒷걸음질을 쳤다. 그 바람에 소녀가 안고 있는 꽃묶음이 우그러들었다. 그러나 소녀는 상관없다고 생각했다. 비에 젖은 소년의 몸 냄새가 확 코에 끼얹혀졌다. 그러나 고개를 돌리지 않았다. 도리어 소년의 몸기운으로 해서 떨리던 몸이 적이159 누그러지는 느낌이었다.

1. 소년이 소녀를 무엇에 비유하고 있는지 이야기해 보자.

....

159. 적이는 꽤 어지간한 정도를 의미한다.

2. 소년과 소녀의 관계와 사랑은 어떤 결말에 이르게 될 것인가 자유롭게 토론해 보자.

3. 소설에서 앞으로 일어날 사건을 독자에게 미리 암시하는 것을 복선이라고 한다. 복선
으로 볼 수 있는 요소를 찾아보고, 그것을 통해 예상되는 결말을 생각해 보자.

1. 이 작품 속에서 '소나기'의 의미와 역할을 분석해 보자.

2. 이 작품은 1953년 5월에 발간된 잡지 『신문학』 4집에 처음 실렸다. 즉 한국 전쟁이 진행되고 있을 때 「소나기」가 발표된 것이다. 이러한 사실을 고려하였을 때 작품의 해석에 이견이 생기는지 서로 논의해 보자.

아래는 「소나기」의 결말 부분이다.

그날 밤, 소년은 자리에 누워서도 같은 생각뿐이었다. 내일 소녀네가 이사하는 걸 가보나 어쩌나. 가면 소녀를 보게 될까 어떨까.

그러다가 까무룩 잠이 들었는가 하는데

"허, 참, 세상일두……."

마을 갔던 아버지가 언제 돌아왔는지

"윤 초시댁두 말이 아니어. 그 많든 전답을 다 팔아버리구, 대대루 살아오든 집마저 남의 손에 넘기드니, 또 악상160까지 당하는 걸 보면……."

남폿불 밑에서 바느질감을 안고 있던 어머니가

"증손이라곤 기집애 그 애 하나뿐이었지요?"

"그렇지. 사내애 둘 있든 건 어려서 잃구……."

"어쩌믄 그렇게 자식 복이 없을까."

"글쎄 말이지. 이번 앤 꽤 여러 날 앓는 걸 약두 변변히 못 써봤다드군. 지금같애서는 윤 초시네두 대가 끊긴 셈이지. ……그런데 참 이번 기집애는 어린 것이 여간 잔망스럽지가161 않어. 글쎄 죽기 전에 이런 말을 했다지 않어? 자기가 죽거든 자기 입든 옷을 꼭 그대루 입혀서 묻어달라구……."

소설은 소녀의 죽음을 암시하면서, 소녀가 소년과의 추억이 깃든 분홍 스웨터를 소중히 여겼다는 것을 보여 주었다. 그렇다면 남겨진 소년은 이후에 어떻게 지냈을까. 소년과 소녀의 짧은 사랑 이야기라는 점에서 이 작품은 새로운 상상력을 펼칠 수 있는 가능성이 열려 있다.

『소년, 소녀를 만나다』(문학과지성사, 2016)에는 현대의 작가들이 황순원의 원작

---

160. 악상(惡喪)은 수명을 다 누리지 못하고 젊어서 죽는 사람의 상사이다.
161. 잔망스럽다는 얄밉도록 맹랑한 데가 있다는 의미이다.

을 재해석하며 뒷부분을 새로 이어 쓴 소설들이 실려 있다. 소년이 중·고등학생이 되어 사춘기 성장통을 겪으며, 또 노인이 되어 치매를 겪으며 소녀를 다시 떠올리고 상실의 고통을 반추하는 모습을 그려낸 것이다.

이처럼 작품을 감상하는 데에서 한발 더 나아가 작품을 패러디하고, 이어 쓰기 하는 것은 결국 작품의 심층적인 이해이자 적극적인 재해석 작업이다. 위의 책을 참고하여 우리 삶에 문득 찾아온 첫사랑의 기억, 순수한 사랑, 이별의 상실감을 어떻게 마주할지 상상하며 원작의 후일담을 만들어 보자.

IV

한국문학의 흐름

1 일제강점기 하층민의 삶: 현진건 「운수 좋은 날」

들어가기

〈일제강점기 발행된 우편엽서 속의 인력거. 출처 국립민속박물관〉

 현진건의 「운수 좋은 날」은 1924년 6월 잡지 『개벽(開闢)』에 발표된 단편소설이다. 1920년대 경성에서 병든 아내와 아기를 데리고 사는 가난한 인력거꾼인 김 첨지는 비가 내리는 날 아픈 아내를 남겨 두고 돈을 벌기 위해 집을 나선다.

그날은 운수가 좋아 연달아 손님을 태우게 된 김 첨지는 아내가 먹고 싶어 하던 설렁탕을 사다 줄 수 있게 되어 기분이 좋아진다. 그러나 아픈 아내가 아침에 오늘은 제발 나가지 말고, 갈 거면 일찍 들어오라고 당부했던 것이 떠올라 불안하고도 두려운 기분이 든다. 오랜만에 돈을 벌게 된 김 첨지는 집으로 돌아가던 중 선술집에서 친구 치삼이를 만나 함께 술을 잔뜩 마신 후 아내 걱정에 이상한 언행을 하기도 한다. 취한 와중에도 아내에게 줄 설렁탕을 사서 집에 도착한 김 첨지는 마침내 아내의 죽음을 확인하고 울음을 터뜨린다.

소설의 주인공인 하층민 김 첨지가 살고 있었던 1920년대 조선은 일본의 식민지였다. 조선은 1910년에 식민지가 된 이래로 일제로부터 가혹한 식민 통치를 받았고, 하층민의 삶은 더욱 어려워졌다. 농민들은 땅을 잃고 소작농이 되거나 도시 빈민이 되었다. 그런 가운데서도 일본을 통해 전차, 양복, 근대교육 등 서구의 문물이 조선으로 유입되어 정착하면서 근대 자본주의 질서가 구축되어 갔다.

「운수 좋은 날」은 일제강점기 도시 하층민의 비참한 삶을 사실적으로 보여 주는 소설이다. 작품을 읽으면서 1920년대 서울의 사회 · 문화 · 역사적 상황을 살펴보고 그곳에 살고 있었던 김 첨지와 같은 하층민의 삶을 이해해 보자.

㉠새침하게 흐린 품이 눈이 올 듯하더니 눈은 아니 오고 얼다가 만 비가 추적추적 내리는 날이었다.

이날이야말로 동소문162 안에서 인력거꾼 노릇을 하는 김 첨지에게는 오래간만에도 닥친 운수 좋은 날이었다. 문안에(거기도 문밖은 아니지만) 들어간답시는 앞집 마마님을 전찻길까지 모셔다드린 것을 비롯으로 행여나 손님이 있을까 하고 정류장에서 어정어정하며 내리는 사람 하나하나에게 거의 비는 듯한 눈결163을 보내고 있다가, 마침내 교원인 듯한 양복쟁이를 동광학교(東光學校)까지 태워다 주기로 되었다.

첫째 번에 삼십 전, 둘째 번에 오십 전—아침 댓바람164에 그리 흉치 않은 일이었다. 그야말로 재수가 옴 붙어서 근 열흘 동안 돈 구경도 못 한 김 첨지는 십 전짜리 백동화165 서 푼, 또는 다섯 푼이 찰깍하고 손바닥에 떨어질 제 거의 눈물을 흘릴 만큼 기뻤었다. 더구나 이날 이때에 이 팔십 전이라는 돈이 그에게 얼마나 유용한지 몰랐다. 컬컬한 목에 모주166 한 잔도 적실 수 있거니와, 그보다도 앓는 아내에게 설렁탕 한 그릇도 사다 줄 수 있음이다.

그의 아내가 기침으로 쿨룩거리기는 벌써 달포167가 넘었다. 조밥168도 굶기를 먹다시피 하는 형편이니 물론 약 한 첩 써본 일이 없다. 구태여 쓰려면 못 쓸 바도 아니로되 그는 병이란 놈에게 약을 주어 보내면 재미를 붙여서 자꾸 온다는 자기의 신조(信條)에 어디까지 충실하였다. 따라서 의사에게 보인 적이 없으

162. 동소문(東小門)은 옛 서울의 여덟 성문 가운데 하나였던 '혜화문'을 달리 이르는 말이다.
163. 눈결은 마음이 눈에 드러난 상태를 말한다.
164. 댓바람은 아주 이른 시간을 의미한다.
165. 백동화는 흰색 동전을 의미한다.
166. 모주는 맑은술을 뜨고 난 찌꺼기 술을 말한다.
167. 달포는 한 달이 조금 넘는 기간을 의미한다.
168. 조밥은 좁쌀로만 짓거나 쌀에 좁쌀을 많이 섞어서 지은 밥을 말한다.

니 무슨 병인지는 알 수 없으되 반듯이 누워 가지고 일어나기는커녕 모로[169]도 못 눕는 걸 보면 중증은 중증인 듯, 병이 이토록 심해지기는 열흘 전에 조밥을 먹고 체한 때문이다. 그때도 김 첨지가 오래간만에 돈을 얻어서 좁쌀 한 되와 십 전짜리 나무 한 단을 사다 주었더니, 김 첨지의 말에 의지하면, 그년이 천방지축으로 냄비에 대고 끓였다. 마음은 급하고 불길은 닿지 않아, 채 익지도 않은 것을 그년이 숟가락은 고만두고 손으로 움켜서 두 뺨에 주먹 덩이 같은 혹이 불거지도록 누가 빼앗을 듯이 처박질하더니만[170] 그날 저녁부터 가슴이 땡긴다, 배가 켕긴다고 눈을 홉뜨고[171] 지랄병[172]을 하였다. 그때 김 첨지는 열화와 같이 성을 내며,

"에이, 조롱복[173]은 할 수가 없어, 못 먹어 병, 먹어서 병! 어쩌란 말이야! 왜 눈을 바로 뜨지 못해!"

하고 앓는 이의 뺨을 한 번 후려갈겼다. 홉뜬 눈은 조금 바루어[174]졌건만 이슬이 맺히었다. 김 첨지의 눈시울도 뜨끈뜨끈하였다.

이 환자가 그러고도 먹는 데는 물리지 않았다. 사흘 전부터 설렁탕 국물이 마시고 싶다고 남편을 졸랐다.

"이런 조밥도 못 먹는 년이 설렁탕은……. 또 처먹고 지랄병을 하게."

라고, 야단을 쳐보았건만, 못 사주는 마음이 시원치는 않았다.

인제 설렁탕을 사줄 수도 있다. 앓는 어미 곁에서 배고파 보채는 개똥이(세 살배기)에게 죽을 사줄 수도 있다―팔십 전을 손에 쥔 김 첨지의 마음은 푼푼하였다[175].

169. 모로는 비스듬히 옆으로를 의미한다.
170. 처박질하다는 마구 입으로 집어넣다는 의미이다.
171. 홉뜨다는 눈알을 굴려 눈시울을 위로 치뜨다를 의미한다.
172. 지랄병은 뇌전증(腦電症, Epilepsy)처럼 발작하는 모습을 속되게 표현한 말이다.
173. 조롱복은 아주 짧게 타고난 복을 의미한다.
174. 바루다는 비뚤어지거나 구부러지지 않도록 바르게 하다를 의미한다.
175. 푼푼하다는 모자람이 없이 넉넉하다를 의미한다.

그러나 그의 행운은 그걸로 그치지 않았다. 땀과 빗물이 섞여 흐르는 목덜미를 기름 주머니가 다 된 광목 수건으로 닦으며, 그 학교 문을 돌아 나올 때였다. 뒤에서 "인력거!" 하고 부르는 소리가 난다. 자기를 불러 멈춘 사람이 그 학교 학생인 줄 김 첨지는 한 번 보고 짐작할 수 있었다. 그 학생은 다짜고짜로,

"남대문 정거장까지 얼마요?"

라고 물었다. 아마도 그 학교 기숙사에 있는 이로 동기방학을 이용하여 귀향하려 함이리라. 오늘 가기로 작정은 하였건만 비는 오고 짐은 있고 해서 어찌할 줄 모르다가 마침 김 첨지를 보고 뛰어나왔음이리라. 그렇지 않으면 왜 구두를 채 신지 못해서 질질 끌고, 비록 고쿠라[176] 양복일망정 노박이로[177] 비를 맞으며 김 첨지를 뒤쫓아 나왔으랴.

"남대문 정거장까지 말씀입니까?"

하고 김 첨지는 잠깐 주저하였다. 그는 이 우중(雨中)에 우장(雨裝)도 없이 그 먼 곳을 철벅거리고 가기가 싫었음일까? 처음 것, 둘째 것으로 고만 만족하였음일까? 아니다, 결코 아니다. 이상하게도 꼬리를 맞물고 덤비는 이 행운 앞에 조금 겁이 났음이다. 그리고 집을 나올 제 아내의 부탁이 마음이 켕기었다.

앞집 마마님한테서 부르러 왔을 제 병인은 그 뼈만 남은 얼굴에 유일의 샘물 같은 유달리 크고 움푹한 눈에 애걸하는 빛을 띠며

ⓒ"오늘은 나가지 말아요. 제발 덕분에 집에 붙어 있어요. 내가 이렇게 아픈데……."

라고, 모깃소리같이 중얼거리고 숨을 걸그렁걸그렁하였다.

---

176. 고쿠라는 일본의 고쿠라 지방에서 나는 두꺼운 무명 옷감을 의미한다.
177. 노박이로는 줄곧 계속해서를 의민한다.

1. ⊙은 작품의 시작 부분이다. 이와 같은 배경 묘사가 작품의 분위기와 관련하여 어떤 역할을 하는지 논의해 보자.

2. 김 첨지의 생활을 알 수 있는 부분을 찾아보고, 당시 사회적 상황에 관해 이야기해 보자.

3. ⓒ과 같이 돈을 벌기 위해 일하러 나가는 김 첨지에게 아내가 "나가지 말아요"라고 사정한 이유를 이야기해 보자.

"이 사람이 정말 미쳤단 말인가? 나도 아주머니네가 앓는단 말은 들었는데."

하고 치삼이도 어느 불안을 느끼는 듯이 김 첨지에게 또 돌아가라고 권하였다.

"안 죽었어, 안 죽었대도 그래."

김 첨지는 화증178을 내며 확신 있게 소리를 질렀으되 그 소리엔 안 죽은 것을 믿으려고 애쓰는 가락이 있었다. 기어이 일 원어치를 채워서 곱빼기 한 잔씩 더 먹고 나왔다. 궂은비는 의연히 추적추적 내린다.

김 첨지는 취중에도 설렁탕을 사 가지고 집에 다다랐다. 집이라 해도 물론 셋집이요 또 집 전체를 세든 게 아니라 안과 뚝 떨어진 행랑방179 한 칸을 빌려 든 것인데 물을 길어 대고 한 달에 일 원씩 내는 터이다. ㉢만일 김 첨지가 주기180를 띠지 않았던들 한 발을 대문에 들여놓았을 제 그곳을 지배하는 무시무시한 정적(靜寂)—폭풍우가 지나간 뒤의 바다 같은 정적에 다리가 떨렸으리라. 쿨룩거리는 기침 소리도 들을 수 없다. 그르렁거리는 숨소리조차 들을 수 없다. 다만 이 무덤 같은 침묵을 깨뜨리는—깨뜨린다느니보다 한층 더 침묵을 깊게 하고 불길하게 하는 빡빡 하는 그윽한 소리, 어린애의 젖 빠는 소리가 날 뿐이다. 만일 청각(聽覺)이 예민한 이 같으면 그 빡빡 소리는 빨 따름이요, 꿀떡꿀떡하고 젖 넘어가는 소리가 없으니 빈 젖을 빤다는 것도 짐작할는지 모르리라.

혹은 김 첨지도 이 불길한 침묵을 짐작했는지도 모른다. 그렇지 않으면 대문에 들어서자마자 전에 없이,

---

178. 화증(火症)은 걸핏하면 화를 왈칵 내는 증세를 말하는데, 여기서는 '화'와 같은 의미로 사용되었다.
179. 행랑방은 대문간에 붙어 있는 방을 말한다.
180. 주기(酒氣)는 술에 취한 기운이나 느낌을 의미한다.

"이년, 남편이 들어오는데 나와 보지도 않아, 이년."

이라고 고함을 친 게 수상하다. 이 고함이야말로 제 몸을 엄습[181]해 오는 무시무시한 증을 쫓아 버리려는 허장성세[182]인 까닭이다.

㉣하여간 김 첨지는 방문을 왈칵 열었다. 구역을 나게 하는 추기[183]—떨어진 삿자리[184] 밑에서 올라온 먼지내, 빨지 않은 기저귀에서 나는 똥내와 오줌내, 가지각색 때가 켜켜이 앉은 옷내, 병인의 땀 썩은 내가 섞인 추기가 무던 김첨지의 코를 찔렀다.

방 안에 들어서며 설렁탕을 한구석에 놓을 사이도 없이 주정꾼은 목청을 있는 대로 다 내어 호통을 쳤다.

"이년, 주야장천[185] 누워만 있으면 제일이야. 남편이 와도 일어나지를 못해."

라는 소리와 함께 발길로 누운 이의 다리를 몹시 찼다. 그러나 발길에 차이는 건 사람의 살이 아니고 나뭇등걸[186]과 같은 느낌이 있었다. 이때에 빽빽 소리가 응아 소리로 변하였다. 개똥이가 물었던 젖을 빼어 놓고 운다. 운대도 온 얼굴을 찡그려 붙여서 운다는 표정을 할 뿐이다. 응아 소리도 입에서 나는 게 아니고 마치 배 속에서 나는 듯하였다. 울다가 울다가 목도 잠겼고, 또 울 기운조차 시진[187]한 것 같다.

발로 차도 그 보람이 없는 걸 보자 남편은 아내의 머리맡으로 달려들어 그야말로 까치집 같은 환자의 머리를 꺼들어 흔들며,

"이년아, 말을 해, 말을! 입이 붙었어? 이년!"

....

181. 엄습(掩襲)은 뜻하지 아니하는 사이에 습격함을 의미한다.
182. 허장성세(虛張聲勢)는 실속은 없으면서 큰소리치거나 허세를 부림을 의미한다.
183. 추기는 송장이 썩어서 흐르는 물을 말한다.
184. 삿자리는 갈대를 엮어서 만든 앉거나 누울 수 있도록 바닥에 까는 물건을 말한다.
185. 주야장천(晝夜長川)은 밤낮으로 쉬지 아니하고 연달아를 의미한다.
186. 나뭇등걸은 나무를 베어 내고 남은 밑동을 말한다.
187. 시진(澌盡)은 기운이 빠져 없어짐을 의미한다.

"……"

"으응, 이것 봐, 아무 말이 없네."

"……"

"이년아, 죽었단 말이냐, 왜 말이 없어."

"……"

"으응, 또 대답이 없네. 정말 죽었나 보이."

이러다가 누운 이의 흰창이 검은창을 덮은, 위로 치뜬 눈을 알아보자마자,

"이 눈깔! 이 눈깔! 왜 나를 바라보지 못하고 천장만 보느냐, 응?"

하는 말끝엔 목이 메었다. 그러자 산 사람의 눈에서 떨어진 닭의 똥 같은 눈물이 죽은 이의 뻣뻣한 얼굴을 어룽어룽 적신다. 문득 김 첨지는 미친 듯이 제 얼굴을 죽은 이의 얼굴에 한데 비비대며 중얼거렸다.

"ⓜ설렁탕을 사다 놓았는데 왜 먹지를 못하니, 왜 먹지를 못하니…… 괴상하게도 오늘은 운수가 좋더니만……."

1. ⓒ과 같은 정적과 소리 및 ⓡ과 같은 냄새는 작품에서 어떤 역할을 하는지 이야기해 보자.

2. 이 작품에 많이 등장하는 비속어는 어떤 역할을 하는지 논의해 보자.

3. 이 작품에서 설렁탕이라는 소재가 지니는 의미를 이야기해 보자.

1. 김 첨지에게 일어난 행운과 불행을 정리해 보면서, '운수 좋은 날'이라는 제목에 담긴 의미와 그 표현법에 관해 생각해 보자.

2. 다음은 아내에 대한 김 첨지의 말과 행동을 나타내는 구절을 정리한 것이다. 이를 통해 아내에 대한 김 첨지의 마음과 그 성격을 생각해 보자. 그리고 소설에서 인물의 성격이나 심리를 제시하는 방법에 대해서도 이야기해 보자.

김 첨지의 말과 행동

• "에이, 조롱복은 할 수가 없어, 못 먹어 병, 먹어서 병! 어쩌란 말이야! 왜 눈을 바로 뜨지 못해!" 하고 앓는 이의 뺨을 한 번 후려갈겼다. 흡뜬 눈은 조금 바루어졌건만 이슬이 맺히었다. 김 첨지의 눈시울도 뜨끈뜨끈하였다.

• "이런 조밥도 못 먹는 년이 설렁탕은……. 또 처먹고 지랄병을 하게."
라고, 야단을 쳐보았건만, 못 사주는 마음이 시원치는 않았다.

• "거짓말은 왜, 참말로 죽었어, 참말로……. 마누라 시체를 집에 버들쳐 놓고 내가 술을 먹다니, 내가 죽일 놈이야, 죽일 놈이야." 하고 김 첨지는 엉

엉 소리를 내어 운다.

• 김 첨지는 취중에도 설렁탕을 사 가지고 집에 다다랐다.

한국문학에서 인력거꾼이 등장하는 소설은 「운수 좋은 날」 외에도 여러 작품이 있다. 안국선의 「인력거군(人力車軍)」(1915), 주요섭의 「인력거꾼」(1925) 그리고 현진건의 「동정(同情)」(1926) 등이 그 예이다. 이 무렵 인력거는 한국에서뿐만 아니라 일본, 중국 등에서도 일반적인 교통수단으로 사용되었는데, 그것을 끄는 인력거꾼은 대부분 도시 하층민이었다. 이러한 인력거꾼의 삶을 다루는 문학 작품이 한국문학에만 있는 것은 아니다. 일본문학에서는 히구치 이치요(樋口一葉)의 「십삼야(十三夜)」(1895), 중국문학에서는 루쉰(魯迅)의 「작은 사건(一件小事)」(1920)이나 위다푸(郁達夫, 郁达夫)의 「초라한 제사상(薄奠)」(1924) 등에 인력거꾼이 등장한다. 특히 1930년대 중국의 인력거꾼이 주인공으로 등장하는 라오서(老舍)의 『낙타 샹즈(駱駝祥子, 骆驼祥子)』(1936)는 한국에도 잘 알려진 소설로, 이 작품을 현진건의 「운수 좋은 날」과 비교하는 학술적 논의도 여러 편 있다. 인력거꾼을 비롯하여 하층민의 삶을 다루는 문학 작품을 찾아 읽고 「운수 좋은 날」과 비교하여 이야기해 보자.

2 일제강점기 청년의 고뇌:
윤동주 「쉽게 쓰여진 시」, 「별 헤는 밤」

들어가기

〈1948년 정음사에서 출판된 『하늘과바람과별과시』의 표지. 출처 국립한글박물관〉

'청년'은 신체적·정신적으로 한창 성장하는 시기에 있는 사람을 의미한다. 그러므로 청년 시기는 현실과 나에 대해 성찰하여 삶의 태도와 지향점을 형성하는 시기라고 할 수 있다.

한국문학사에서 청년의 표상으로 불리는 윤동주, 그의 시에는 자신에 대한 성찰과 고뇌가 담겨 있다. 그 고뇌의 기저에는 일제강점기라는 시대의 비극이 가로놓여 있다.

일제강점기 조선인들은 일제에 의해 해외로 강제로 이주하기도 하고 일제의 강압적 통치를 피하거나 혹은 독립운동을 하기 위해 만주 일대, 러시아 일대, 미국, 멕시코, 쿠바 등으로 이주하였다. 이로써 조선인들은 삶의 터전이었던 한반도를 떠나 새로운 장소에서 삶을 꾸려나가기도 했다. 윤동주는 북간도 명동촌에서 태어났으나 그의 삶의 장소는 만주, 식민지 조선, 일본으로 바뀌었다. 즉 디아스포라(Diaspora)의 삶을 살았다고 할 수 있다. 삶의 장소와 시대 상황은 개인의 정체성을 형성하는 데 영향을 주기 마련이다. 일제강점기, 삶의 장소의 변화가 청년 윤동주에게 어떤 영향을 미쳤는지, 그의 성찰과 고뇌를 「쉽게 쓰여진 시」(1942), 「별 헤는 밤」(1941)을 통해 살펴보자.

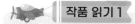

쉽게 쓰여진 시

창밖에 밤비가 속살거려188
육첩방189은 남의 나라,

시인이란 슬픈 천명인 줄 알면서도
한 줄 시를 적어 볼까,

땀내와 사랑내 포근히 품긴
보내주신 학비 봉투를 받아

대학 노―트를 끼고
늙은 교수의 강의 들으러 간다.

생각해 보면 어린 때 동무를
하나, 둘, 죄다 잃어버리고

나는 무얼 바라
나는 다만, 홀로 침전하는190 것일까?

인생은 살기 어렵다는데
시가 이렇게 쉽게 쓰여지는 것은

---

188. 속살거리다는 남이 알아듣지 못하도록 작은 목소리로 자질구레하게 자꾸 이야기하는 것을 의미한다.

189. 육첩방(六疊房)은 일본식 돗자리인 다다미 6장을 깐 작은 방을 의미한다.

190. 침전하다는 액체 속에 있는 물질이 밑바닥에 가라앉는 것을 의미한다.

부끄러운 일이다.

육첩방은 남의 나라
창밖에 밤비가 속살거리는데,

등불을 밝혀 어둠을 조금 내몰고,
시대처럼 올 아침을 기다리는 최후의 나,

나는 나에게 적은 손을 내밀어
눈물과 위안으로 잡는 최초의 악수.

1. 다음 시어 및 시구의 상징적 의미를 생각해 보자.

밤비	
육첩방은 남의 나라	
등불	
시대처럼 올 아침	

2. 7연의 "인생은 살기 어렵다는데 / 시가 이렇게 쉽게 쓰여지는 것은/ 부끄러운 일이다."
   의 의미를 이야기해 보자.

3. 9연의 "최후의 나"가 의미하는 것은 무엇인지 논의해 보자.

4. 이 시의 주제는 무엇인지 생각해 보자.

별 헤는191 밤

계절이 지나가는 하늘에는
가을로 가득 차 있습니다.

나는 아무 걱정도 없이
가을 속의 별들을 다 헤일 듯합니다.

가슴 속에 하나 둘 새겨지는 별을
이제 다 못 헤는 것은
쉬이 아침이 오는 까닭이요,
내일 밤이 남은 까닭이요,
아직 나의 청춘이 다하지 않은 까닭입니다.

별 하나에 추억과
별 하나에 사랑과
별 하나에 쓸쓸함과
별 하나에 동경과
별 하나에 시와
별 하나에 어머니, 어머니,

어머님, 나는 별 하나에 아름다운 말 한마디씩 불러 봅니다. 소학교 때 책상을 같이 했던 아이들의 이름과, 패, 경, 옥 이런 이국 소녀들의 이름과 벌써 애기 어머니 된 계집애들의 이름과, 가난한 이웃 사람들의 이름과, 비둘기,

---

191. 헤다는 숫자를 세다는 의미이다.

강아지, 토끼, 노새, 노루, "프랑시스·잠"[192], "라이너·마리아·릴케"[193]
이런 시인의 이름을 불러봅니다.

이네들은 너무나 멀리 있습니다.
별이 아스라이 멀 듯이,

어머님,
그리고 당신은 멀리 북간도에 계십니다.

나는 무엇인지 그리워
이 많은 별빛이 나린 언덕 위에
내 이름자를 써 보고,
흙으로 덮어 버리었습니다.

딴은 밤을 새워 우는 벌레는
부끄러운 이름을 슬퍼하는 까닭입니다.

그러나 겨울이 지나고 나의 별에도 봄이 오면
무덤 위에 파란 잔디가 피어나듯이
내 이름자 묻힌 언덕 위에도
자랑처럼 풀이 무성할 게외다.

---

192. 프랑시스 잠(Francis Jammes)은 프랑스의 시인이다. 대표작으로 『새벽의 삼종에서 저녁의 삼종까지』가 있다.
193. 라이너 마리아 릴케(Rainer Maria Rilke)는 프라하 출생의 독일작가이다. 대표작으로 『말테의 수기』가 있다.

1. 다음 시어 및 시구의 의미를 알아보자.

별	
겨울	
봄	
파란 잔디, 풀	

2. 5연에서 화자는 아름다운 '이름'을 부른다. 8연에서는 "내 이름자를 써 보고 흙으로 덮어 버리"고 9연에서는 "부끄러움 이름을" 슬퍼하기도 한다. 핵심 시어인 '이름'이 어떤 의미인지 논의해 보자.

3. 이 시의 주제는 무엇인지 생각해 보자.

1. 「별 헤는 밤」 4연에서는 별 하나하나에 상념을 적고 있다. 4연처럼 별 하나
   하나에 떠오르는 자신의 상념을 적어보자.

2. 「쉽게 쓰여진 시」와 「별 헤는 밤」에서 보이는 윤동주의 삶의 장소와 정체
   성에 관해 생각해 보자.

다음 시는 윤동주의 「아우의 인상화」(1938)이다. 화자가 아우에게 커서 무엇이 되고 싶냐고 묻고 아우가 "사람이 되지"라고 답한다. 윤동주의 「별 헤는 밤」에서 "이름"의 의미와 「아우의 인상화」에서 "사람"의 의미를 관련지어 생각해 보자.

아우의 인상화

붉은 이마에 싸늘한 달이 서리어194
아우의 얼굴은 슬픈 그림이다.

발걸음을 멈추어
살그머니 앳된195 손을 잡으며
"너는 자라 무엇이 되려니"
"사람이 되지"
아우의 설은196 진정코 설은 대답이다.

슬며시 잡았던 손을 놓고
아우의 얼굴을 들여다본다.

싸늘한 달이 붉은 이마에 젖어
아우의 얼굴은 슬픈 그림이다.

194. 서리다는 어떤 기운이 어리어 나타나는 것을 의미한다.
195. 앳되다는 애티가 있어 어려 보인다는 뜻이다.
196. 설다는 열매, 밥, 술 따위가 제대로 익지 아니하다는 의미이다.

3 일제강점기 지식인과 노동: 채만식 「레디메이드 인생」

들어가기

〈잡지 『신동아』 1934년 5월호부터 7월호까지 연재된 채만식의 「레디메이드 인생」. 출처 국립중앙도서관〉

채만식의 「레디메이드 인생」은 잡지 『신동아』 1934년 5월호부터 7월호까지 연재된 단편소설이다. 1930년대 일제강점기 조선을 배경으로 한 이 작품에는 극도의 빈곤에 시달리고 있는 실직 인텔리인 P가 주인공으로 나온다. P는 신문사 사장인 K를 찾아가 채용을 부탁하지만 K는 P에게 도시에서 직장을 구할 것이 아니라 농촌에 가서 봉사 활동이나 하라는 충고를 하며 거절한다. 집으로 돌아온 P는 형의 편지를 받는다. 그동안 형은 이혼한 P의 아들인 창선을 양육하고 있었는데, 9살인 창선이 이제 학교에 갈 때가 되었으니 데려가서 직접 키우라는 것이 편지의 내용이었다. P는 아들을 데려오기는 하겠지만 인텔리를 만드는 학교에는 보내지 않겠다고 결심한다. 며칠 후 P는 알고 지내던 인쇄소 과장에게 창선을 견습공으로 채용해 달라고 부탁하고, 창선이 서울에 온 다음 날 아침 P는 아들을 인쇄소에 데려다 맡긴다.

1929년 미국에서 발생한 대공황은 식민지 조선에도 영향을 주었다. 조선에서는 경제가 불황에 빠지고 실업 문제가 사회의 중요 문제로 부상했다. 당시 식민지 조선에서 교육은 신분 상승의 수단으로 인식되었기에 전문대학이나 대학에 진학하는 사람들이 증가하였다. 이로 인해 P와 같은 인텔리들이 양산되었지만 그러한 지식인들은 일자리가 부족하여 실업자로 전락했다. 「레디메이드 인생」은 이러한 1930년대 일제강점기 지식인과 노동의 문제를 생생하게 보여 주는 소설이다.

이처럼 채만식은 시대와 현실을 비판하고 지식인을 주요 인물로 등장시키는 작품을 많이 썼다. 이런 특징들을 살펴보면서 「레디메이드 인생」을 감상해 보자.

1934년의 이 세상에도 기적이 있다.

그것은 P가 굶어 죽지 아니한 것이다. 그는 최근 일주일 동안 돈이 생긴 데가 없다. 잡힐 것도 없었고 어디서 벌이를 한 적도 없다.

그렇다고 남의 집 문 앞에 가서 "밥 한술 주시오" 하고 구걸[197]한 일도 없고 남의 것을 훔치지도 아니하였다.

그러나 그동안 굶어 죽지 아니하였다. 야위기는 하였지만 그래도 멀쩡하게 살아 있다. P와 같은 인생이 이 세상에 하나도 없이 싹 치운다면 근로하는 사람이 조금은 편해질는지도 모른다.

P가 소부르주아[198] 축에 끼이는 인텔리[199]가 아니요 노동자였더라면 그동안 거지가 되었거나 비상수단을 썼을 것이다. 그러나 그에게는 그러한 용기도 없다. 그러면서도 죽지 아니하고 살아 있다. 그렇지만 죽기보다도 더 귀찮은 일은 그를 잠시도 해방시켜 주지 아니한다.

그의 아들 창선이를 올려 보낸다고 어제 편지가 왔고 오늘은 내일 아침에 경성[200]역에 당도한다는 전보까지 왔다.

오정 때 전보를 받은 P는 갑자기 정신이 난 듯이 쩔쩔매고 돌아다니며 돈 마련을 하였다. 최소한도 이십 원은…… 하고 돌아다닌 것이 석양 때 겨우 십오 원이 변통되었다[201].

종로에서 풍로[202]니 냄비니 양재기니 숟갈이니 무어니 해서 살림 나부랭이[203]

---

197. 구걸(求乞)은 이나 곡식, 물건 따위를 거저 달라고 비는 것을 말한다.
198. 소부르주아는 노동자와 자본가의 중간 계급에 속하는 소상인, 수공업자, 하급 봉급생활자, 하급 공무원 따위를 통틀어 이르는 말이다.
199. 인텔리는 지적 노동에 종사하는 사회 계층 또는 지식이나 학문, 교양을 갖춘 사람을 말한다.
200. 경성(京城)은 서울의 옛 이름이다.
201. 변통되다는 형편과 경우에 따라서 일이 융통성 있게 잘 처리되다는 의미이다.
202. 풍로(風爐)는 화로의 하나이다.
203. 나부랭이는 어떤 사람이나 물건을 낮잡아 이르는 말이다.

를 간단하게 장만하여 가지고 올라오는 길에 전에 잡지사에 있을 때 안 ××인 쇄소의 문선204 과장을 찾아갔다.

월급도 일없고 다만 일만 가르쳐 주면 그만이니 어린아이 하나를 써달라고 졸라 대었다.

A라는 그 문선 과장은 요리조리 칭탈205을 하던 끝에—그는 P가 누구 친한 사람의 집 어린애를 천거206하는 줄 알았던 것이다.

"보통학교나 마쳤나요?"

하고 물었다.

"아—니오."

P는 솔직하게 대답하였다.

"나이 몇인데?"

"아홉 살."

"아홉 살?"

A는 놀라 반문을 하는 것이다.

"기왕 일을 배울 테면 아주 어려서부터 배워야지요."

"그래도 너무 어려서 원…… 뉘 집 애요?"

"내 자식 놈이랍니다."

P는 그래도 약간 얼굴이 붉어짐을 깨달았다. ㉠A는 이 말에 가장 놀라운 일을 보겠다는 듯이 입만 벌리고 한참이나 P를 물끄러미 바라다본다.

"왜? 내 자식이라고 공장에 못 보내란 법 있답디까?"

"아—니, 정말 그래요?"

"정말 아니고?"

"괜히 실없는 소리……! 자제라고 해야 들어줄 테니까 그러시지?"

---

204. 문선(文選)은 활판(活版) 인쇄에서 원고 내용대로 활자를 골라 뽑는 일을 말한다.
205. 칭탈(稱頉)은 무엇 때문이라고 핑계를 댐을 의미한다.
206. 천거(薦擧)는 어떤 일을 맡아 할 수 있는 사람을 그 자리에 쓰도록 소개하거나 추천함을 말한다.

"아니, 그건 그렇잖아요. 내 자식 놈이요."

"그럼 왜 공부를 시키지 않고?"

"인쇄소 일 배우는 것도 공부지."

"그건 그렇지만 학교에 보내야지."

ⓛ"학교에 보낼 처지도 못 되고 또 보낸댔자 사람 구실도 못 할 테니까……."

"거 참 모를 일이오…… 우리 같은 놈은 이 짓을 해가면서도 자식을 공부시키느라고 애를 쓰는데 되려 공부시킬 줄 아는 양반이 보통학교도 아니 마친 자제를 공장엘 보내요?"

ⓒ"내가 학교 공부를 해본 나머지 그게 못 쓰겠으니까 자식은 딴 공부를 시키겠다는 것이지요."

"글쎄 정 그러시다면 내가 내 자식 진배없이207 잘 데리고 있으면서 일이나 착실히 가르쳐 드리리다마는…… 원 너무 어린데 애처롭지 않아요?"

"애처로운 거야 애비 된 내가 더하지요만 그것이 제게는 약이니까……."

P는 당부와 치하208를 하고 인쇄소를 나왔다. 한짐 벗어 놓은 것같이 몸이 거뜬하고 마음이 느긋하였다.

그는 집으로 올라가는 길에 싸전209에 쌀 한 말210을 부탁하고 호배추211도 몇 통 사들였다. 그렁저렁 오 원을 썼다.

십 원 남은 중에 주인 노인에게 육 원을 내어 주니 입이 귀밑까지 찢어진다. 그 끝에 P가 사온 호배추를 내어 주며 김치를 담가 달라고 하니 선선히 응낙한다. 그리고 자식을 데리고 자취를 하겠다니까 깍두기야 간장이야 된장 같은 것을 아까운 줄 모르고 날라다 주곤 한다.

---

207. 진배없이는 그보다 못하거나 다를 것이 없이를 의미한다.

208. 치하(致賀)는 남이 한 일에 대하여 고마움이나 칭찬의 뜻을 표시함을 말한다.

209. 싸전은 쌀과 그 밖의 곡식을 파는 가게를 말한다.

210. 말은 부피의 단위로 곡식, 액체, 가루 등을 측정할 때 사용한다. 한 말은 약 18리터이다.

211. 호배추는 중국종의 배추를 의미한다.

1. 이 소설의 주인공인 P가 어떤 사람인지를 알 수 있게 해주는 단어를 2개 이상 찾아보자. 그리고 작가가 주인공의 이름을 '창선' 등과 같이 짓지 않고 왜 P와 같이 익명의 이니셜 (initial)로 처리했을지 생각해 보자.

2. ㉠과 같이 A는 왜 놀라면서 당황했는지 추측해 보자.

3. P가 아들 '창선'을 인쇄소에 보내려는 이유를 ㉡과 ㉢을 참고하여 이야기해 보자.

이튿날 전에 없이 첫새벽에 일어난 P는 서투른 솜씨로 화로²¹² 밥을 지어 놓고 정거장으로 나갔다.

그의 형에게서 온 편지에 S라는 고향 사람이 서울 올라오는 길에 따라 보낸다고 했으니까 P는 창선이보다도 더 낯이 익은 S를 찾았다.

과연 차가 식식거리고 들어서매 인간을 뱉어 내놓는 찻간에서 S가 창선이를 데리고 두리번거리며 내려왔다.

어디서 생겼는지 새까만 고쿠라 양복을 입고 이화표 붙은 학생 모자를²¹³ 쓰고 거기다가 보따리를 하나 지고 무엇 꾸린 것을 손에 들고 차에서 내리는 어린아이…… 저게 내 자식이니라 생각하니 P는 어쩐지 속으로 얼굴이 붉어지며 한편 가엾기도 하였다.

S가 두 손에 짐을 가득 들고 두리번거리다가 가까이 온 P를 보고 반겨 소리를 지른다. 창선이가 모자를 벗고 학교식으로 경례를 한다. 얼굴을 자세히 보니 네댓 살 적에 보던 것보다 더한층 저의 외가를 닮았다. P는 그것이 몹시 불만이었다.

"그새 재미나 좋았나?"

S의 첫인사다.

"뭘 그저 그렇지…… 괜한 산 짐을 지고 오느라고 애썼네."

P는 이렇게 인사 겸 치하를 하였다.

"원 천만에……! 그 애가 나이는 어려도 어떻게 속이 찼는지…… 너 늬 아버지 알아보겠니?"

S는 창선이를 돌아보며 웃는다. 창선이는 고개를 숙이고 수줍은지 아무 대답도 아니 한다.

---

212. 화로(火爐)는 숯불을 담아 놓는 그릇을 말한다.
213. 고쿠라 양복과 이화표 모자는 당시 학생들이 입었던 무명 양복과 모자이다.

P는 S와 창선이를 데리고 구름다리214로 올라왔다.

"저희 외할머니가 저 양복이야 떡이야 모두 해가지고 자네 댁에까지 오셨더라네…… 오셔서 어제 떠나는데 정거장까지 나오셨는데 여러 가지 신신당부215를 하시데…… 자네에게 전하라고."

S는 P가 그다지 듣고 싶지도 아니한 이야기를 뒤따라오며 늘어놓는다. 그의 가슴에는 옛날의 반감216이 솟구쳐 올랐다.

"별걱정 다 하는 게로군…… 내 자식 내가 어련히 할까 봐 쫓아다니며 그래!"

"그래도 노인들이야 어디 그런가…… 객지217에서 혼자 있는데 데리고 있기 정 불편하거든 당신에게로 도로 보내게 하라고 그러시데……"

"그 집에 내 자식이 무슨 상관이 있어서 보내라는 거야……? 보낼 테면 그때 데려왔을라구……"

P는 그것이 모두 그와 갈린 아내의 조종인 줄 알기 때문에 더구나 심정218이 났다. 화가 나는 대로 하면 어린아이가 입고 온 양복도 벗겨 내던지고 싶었으나 꿀꺽 참았다.

일찍 맛보지 못한 새살림을 P는 시작하였다.

창선이가 도착한 날 밤.

창선이는 아랫목219에서 색색 잠을 자고 있다. 외롭게 꿈을 꾸고 있으려니 생각하매 전에 없던 애정이 솟아오르는 듯하였다.

---

214. 구름다리는 도로나 계곡 따위를 건너질러 공중에 걸쳐 놓은 다리를 말한다.
215. 신신당부는 거듭하여 간곡히 하는 당부를 말한다.
216. 반감(反感)은 반대하거나 반항하는 감정을 의미한다.
217. 객지(客地)는 자기 집을 멀리 떠나 임시로 있는 곳을 의미한다.
218. 심정(心情)은 마음속에 품고 있는 생각이나 감정을 말하는데, 여기서는 좋지 않은 심사를 의미한다.
219. 아랫목은 온돌방에서 아궁이 가까운 쪽의 방바닥을 말한다.

이튿날 아침 일찍 창선이를 데리고 ××인쇄소에 가서 A에게 맡기고 안 내키는 발길을 돌이켜 나오는 P는 혼자 중얼거렸다.

ⓜ"레디메이드 인생이 비로소 겨우 임자를 만나 팔리었구나."

1. P는 경성역 정거장에서 고향 사람 S가 데리고 온 아들 창선이를 만나게 된다. 몇 년 만에 아들 창선이를 만난 P의 심리가 어떠한지 추측해 보자.

2. 아들 창선이에 대한 P의 애정이 드러난 부분을 찾아보자.

3. 이 소설의 제목은 '레디메이드(ready-made) 인생'이다. 지금까지 학습한 내용을 바탕으로 이 제목이 의미하는 바에 대해서 ⓑ과 관련하여 논의해 보자.

1. 「레디메이드 인생」을 쓴 채만식은, 소설의 표현방법 가운데 풍자(諷刺 satire)를 잘 활용하는 작가이다. 풍자는 대상에 대한 비판적인 인식을 바탕으로 대상(현실의 부정적 현상이나 모순 등)을 왜곡하거나 과장하거나 꼬집으면서 웃음을 자아내는 표현 방법이다. 특히 「레디메이드 인생」에서는 풍자가 이중적으로 표현되고 있다. 다음과 같이 작가는 주인공 P를 풍자하고, 또 P는 당대의 현실을 풍자하기 때문이다. 각각의 풍자를 통해 드러나는 문제 상황에 대해서 생각해 보자.

| 작가 | →
풍자① | 주인공 P | →
풍자② | 당대 현실 |

2. 고등 교육을 받은 P는 9살 밖에 되지 않은 아들 창선이를 학교에 보내지도 않고 인쇄소 노동자로 취업시켜 기술을 배우게 한다. 이와 같은 P의 선택과 행동에 관해 여러분은 어떻게 생각하는지 토론해 보자.

　『표준국어대사전』에서는 노동을 "사람이 생활에 필요한 물자를 얻기 위하여 육체적 노력이나 정신적 노력을 들이는 행위"라고 정의한다. 오늘날을 살아가는 전 세계의 많은 사람은 노동을 통해 생계를 꾸리고 자아를 실현해 나가고자 한다. 하지만 「레디메이드 인생」의 배경이 되는 과거에도 노동을 통한 자아실현과 생계유지는 쉽지 않았으며, 오늘날 또한 그러하다. 현재 한국에서는 고용 불안, 실업, 저임금 노동, 비정규직 문제 등이 심각한 사회 문제로 부각되고 있기 때문이다.

　장강명의 소설 「알바생 자르기」(2015)는 청년의 고용 불안과 비정규직 노동자의 비애 및 일하는 노동자의 권리에 대해서 다루는 작품이다. 이 작품을 비롯하여 노동을 주제로 삼고 있는 여러 소설을 통해 현재 한국의 노동 문제에 대해서 살펴보고 채만식의 「레디메이드 인생」과도 함께 이야기해 보자.

4 한국전쟁의 상흔: 하근찬 「수난이대」

들어가기

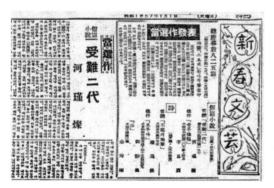

〈하근찬의 「수난이대」가 처음 발표된 신문지면. 출처 『한국일보』, 1957. 1. 1.〉

전쟁이 끝나도 전쟁의 피해는 계속된다. 권정생의 소설 『몽실언니』(1984)는 전쟁 때 어머니를 잃은 소녀가 상이군인이 된 아버지와 어린 동생을 보살피는 모습에서 전쟁으로 피폐해진 한 가족의 수난사를 그렸고, 박완서의 소설 『그해 겨울은 따뜻했네』(1983)는 전쟁으로 인한 이산가족의 아픔을 다루었다. 전쟁에 대한 거의 모든 문학이나 연구는 다시는 전쟁이 일어나서는 안 된다는 반전(反戰) 메시지를 담고 있다.

대한민국도 전쟁의 포화 속에 있었고, 아직까지도 종전되지 못한 채 휴전의 상태가 지속되고 있다. 제2차 세계대전이 발발했을 때 한국은 일본의 식민지 상태였기 때문에 전선이 확장되면서 조선인 강제 징집과 징용이 이뤄졌었다. 또 1950년에 발발한 한국전쟁으로 국토가 폐허가 되었고 수많은 인명 피해도 발생했다.

하근찬의 「수난이대」(1957)는 아버지와 아들, 2대에 걸쳐서 전쟁에 징집되어 부상을 당한 부자의 수난사를 그리고 있다. 당시 사회적·역사적 상황을 배경으로 몸에 새겨진 전쟁의 상흔을 제시하면서 두 개의 전쟁을 연계시켜 바라보는 작가의 세계관을 조명해 보도록 하자. 더 나아가 제2차 세계대전, 한국전쟁이 남긴 폭력을 성찰하면서 전 세계 곳곳에서 지금도 전쟁의 위협이 사라지지 않고 있다는 사실을 상기하고 평화로운 세계를 만들기 위해 문학이 어떤 역할을 해야 하는가 모색해 보자.

(가) '아들이 돌아온다. 아들 진수가 살아서 돌아온다. 아무개[220]는 전사[221] 했다는 통지가 왔고, 아무개는 죽었는지 살았는지 통 소식이 없는데, 우리 진수는 살아서 오늘 돌아오는 것이다.'

생각할수록 어깨바람이 날 일이다. 그래 그런지 몰라도 박만도는 여느 때 같으면 아무래도 한두 군데 앉아 쉬어야 넘어설 수 있는 용머리재를 단숨에 올라채고 만 것이다. 가슴이 펄럭거리고 허벅지가 뻐근했다. 그러나 그는 고갯마루에서도 쉴 생각을 하지 않았다. 들 건너 멀리 바라보이는 정거장에서 연기가 물씬물씬 피어오르며 삐익― 기적 소리가 들려왔기 때문이다. 아들이 타고 내려올 기차는 점심때가 가까워 도착한다는 것을 모르는 바 아니었다. 해가 이제 겨우 산등성이 위로 한 뼘가량 떠올랐으니, 오정[222]이 되려면 아직 차례 먼 것이다. 그러나 그는 공연히 마음이 바빴다.

'까짓것, 잠시 앉아 쉬면 뭐할 끼고.'

손가락으로 한쪽 콧구멍을 찍 누르면서 팽! 마른 코를 풀어 던졌다. 그리고 휘청휘청 고갯길을 내려가는 것이다. 내리막은 오르막에 비하면 아무것도 아니었다. 대고 팔을 흔들라치면 절로 굴러 내려가는 것이다. 만도는 오른쪽 팔만을 앞뒤로 흔들고 있었다. 왼쪽 팔은 조끼 주머니에 아무렇게나 쑤셔 넣고 있는 것이다.

'삼대독자[223]가 죽다니 말이 되나. 살아서 돌아와야 일이 옳고 말고. 그런데 병원에서 나온다 하니 어디를 좀 다치기는 다친 모양이지만, 설마 나같이 이렇게 되진 않았겠지.'

---

220. 아무개는 어떤 사람을 구체적인 이름 대신 이르는 인칭대명사이다.
221. 전사는 전쟁터에서 적과 싸우다 죽는 것을 뜻한다.
222. 오정은 낮 열두 시를 의미한다.
223. 삼대독자는 삼대에 걸쳐 형제가 없는 외아들이다.

만도는 왼쪽 조끼 주머니에 꽂힌 소맷자락을 내려다보았다. 그 소맷자락 속에는 아무것도 든 것이 없었다. 그저 소맷자락만이 어깨 밑으로 덜렁 처져 있는 것이다. 그래서 노상 그쪽은 조끼 주머니 속에 꽂혀 있는 것이다.

'볼기짝[224]이나 장딴지 같은 데를 총알이 약간 스쳐갔을 따름이겠지. 나처럼 팔뚝 하나가 몽땅 달아날 지경이었다면 그 엄살스러운 놈이 견뎌냈을 턱이 없고 말고.'

슬며시 걱정이 되기도 하는 듯, 그는 속으로 이런 소리를 주워섬겼다[225].

(나) 정거장 대합실[226]에 와서 이렇게 도사리고 앉아 있노라면, 만도는 곧잘 생각나는 일이 한 가지 있었다. 그 일이 머리에 떠오르면 등골을 찬 기운이 좍 스쳐 내려가는 것이다. 손가락이 시퍼렇게 굳어져서 이끼 낀 나무토막 같은 팔뚝이 지금도 저만큼 눈앞에 보이는 듯하였다.

바로 이 정거장 마당에 백 명 남짓한 사람들이 모여 웅성거리고 있었다. 그 중에는 만도도 섞여 있었다. 기차를 기다리고 있는 것이었으나 그들은 모두 자기네들이 어디로 가는 것인지 알지 못했다. 그저 차를 타라면 탈 사람들이었다. 징용[227]에 끌려 나가는 사람들이었다. 그러니까, 지금으로부터 십이삼 년 옛날의 이야기인 것이다.

(다) 만도는 정신이 아찔하였다. 공습[228]이었던 것이다. 산등성이를 넘어 달려든 비행기가 머리 위로 아슬아슬하게 지나가는 것이었다. 미처 정신을 차리기도 전에 또 한 대가 뒤따라 날아드는 것이 아닌가. 만도는 그만 넋을 잃고 굴 안으로 도로 달려 들어갔다. 달려 들어가서 굴 바닥에 아무렇게나 팍 엎드

224. 볼기짝은 뒤쪽 허리 아래 살이 불룩한 부분, 즉 엉덩이를 낮잡아 이르는 말이다.
225. 주워섬기다는 들은 대로 본 대로 이러저러한 말을 아무렇게나 늘어놓는 것이다.
226. 대합실은 손님이 기다리며 머물 수 있도록 마련한 곳이다.
227. 징용은 일제강점기 때 일본이 조선인을 강제로 동원하여 노동력을 착취했던 것을 뜻한다.
228. 공습은 적이 갑자기 공격해 오는 것을 의미한다.

려버리고 말았다. 그 순간이었다. 쾅! 굴 안이 미어지는 듯하면서 다이너마이트가 터졌다. 만도의 두 눈에서 불이 번쩍 났다.

만도가 어렴풋이 눈을 떠보니 바로 거기 눈앞에 누구의 것인지 모를 팔뚝이 하나 놓여 있었다. 손가락이 시퍼렇게 굳어져서 마치 이끼 낀 나무토막처럼 보이는 것이었다. 만도는 그것이 자기의 어깨에 붙어 있던 것인 줄을 알자 그만 으악– 하고 정신을 잃어버렸다.

재차 눈을 떴을 때는 그는 푹신한 담요 속에 누워 있었고, 한쪽 어깻죽지가 못 견디게 쿡쿡 쑤셔댔다. 절단 수술은 이미 끝난 뒤였다.

꽤액– 기차 소리였다. 멀리 산모퉁이를 돌아오는가 보았다. 만도는 앉았던 자리를 털고 벌떡 일어서며 옆에 놓아두었던 고등어를 집어 들었다. 기적 소리가 가까워질수록 그의 가슴은 울렁거렸다. 대합실 밖으로 뛰어나가 플랫폼이 잘 보이는 울타리 쪽으로 가서 발돋움을 하였다. 째랑째랑 하고 종이 울자, 한참 만에 차는 소리를 지르면서 달려들었다. 기관차의 옆구리에서는 김이 픽픽 풍겨 나왔다. 만도의 얼굴은 바짝 긴장되었다. 시꺼먼 열차 속에서 꾸역꾸역 사람들이 밀려 나왔다. 꽤 많은 손님이 쏟아져 내리는 것이었다. 만도의 두 눈은 곧장 이리저리 굴렀다. 그러나 아들의 모습은 쉽사리 눈에 띄지 않았다. 저쪽 출찰구[229]로 밀려가는 사람의 물결 속에 두 개의 지팡이를 의지하고 절룩거리면서 걸어 나가는 상이군인[230]이 있었으나, 만도는 그 사람에게 주의를 기울이지는 않았다. 기차에서 내릴 사람은 모두 내렸는가 보다. 이제 미처 차에 오르지 못한 사람들이 플랫폼을 이리저리 서성거리고 있을 뿐인 것이다.

'그놈이 거짓으로 편지를 띄웠을 리는 없을 건데…….'

그는 자꾸 가슴이 떨렸다.

'이상한 일이다.'

229. 출찰구는 차나 배에서 내린 손님이 표를 내고 나가거나 나오는 곳이다.

230. 상이군인은 전투나 군사상 공무 중에 몸을 다친 군인을 말한다.

하고 있을 때였다. 분명히 뒤에서

"아부지!"

부르는 소리가 들렸다. 만도는 깜짝 놀라며 얼른 뒤를 돌아보았다. 그 순간, 만도의 두 눈은 무섭도록 크게 떠지고, 입은 짝 벌어졌다. 틀림없는 아들이었으나, 옛날과 같은 진수는 아니었다. 양쪽 겨드랑이에 지팡이를 끼고 서 있는데, 스쳐 가는 바람결에 한쪽 바짓가랑이가 펄럭거리는 것이 아닌가.

만도는 눈앞이 노래지는 것을 어쩌지 못했다. 한참 동안 그저 멍멍하기만 하다가 코허리가 찡해지면서 두 눈에 뜨거운 것이 핑 도는 것이었다.

1. (가) 부분에서 사건이 전개되는 장소에 따라 만도의 심리가 어떻게 변화했는지 살펴보자.

2. 시대적 상황을 알려 주는 표현들을 찾아보자.

3. 위에서 찾은 단어들을 바탕으로 당시 사람들의 삶을 이해해 보자.

"진수야!"

"예."

"니 우야다가 그래 댔노?"

"전쟁하다가 이래 안 댔심니꾜. 수류탄[231] 쪼가리[232]에 맞았심더."

"응 그래서?"

"그래서, 얼른 낫지 않고 막 썩어 들어가기 땜에, 군의관[233]이 짤라 버립띠더, 병원에서예, 아부지-."

"와?"

"이래 가지고 나 우째 살까 싶습니더."

"우째 살긴 뭘 우째 살아. 목숨만 붙어 있으면 다 사는 기다[234]. 그런 소리하지 마라."

"……."

"나 봐라. 팔뚝이 하나 없어도 잘만 안 사나. 남 봄에 좀 덜 좋아서 그렇지, 살기사 왜 못 살아."

"차라리 아부지같이 팔이 하나 없는 편이 낫겠어예. 다리가 없어 놓으니, 첫째 걸어 댕기기에 불편해서 똑 죽겠심더."

"야야 안 그렇다. 걸어 댕기기만 하면 뭐하노, 손을 제대로 놀려야 일이 뜻대로 되지."

"그럴까예?"

"그렇다니, 그러니까 집에 앉아서 할 일은 니가 하고, 나댕기메 할 일은 내가 하고, 그라면 안 되겠나, 그제?"

---

231. 수류탄은 손으로 던져 터뜨리는 작은 폭탄이다.
232. 쪼가리는 작은 조각을 의미한다.
233. 군의관은 군대에서 의사의 임무를 맡고 있는 장교를 뜻한다.
234. 기다는 '그것이다'가 줄어든 말이다.

"예."

진수는 아버지를 돌아보며 대답했다. 만도는 돌아보는 아들의 얼굴을 향해 지그시 웃어주었다. 술을 마시고 나면 이내 오줌이 마려워진다. 만도는 길가에 아무렇게나 쭈그리고 앉아서 고기 묶음을 입에 물려고 한다. 그것을 본 진수는

"아부지, 그 고등어 이리 주소,"

하였다. 팔이 하나밖에 없는 몸으로 물건을 손에 든 채 소변을 볼 수는 없는 것이다. 아버지가 볼일을 마칠 때까지 진수는 저만치 떨어져 서서 지팡이를 한쪽 손에 모아 쥐고, 다른 손으로 고등어를 들고 있었다. 볼일을 다 본 만도는 얼른 가서 아들의 손에서 고등어를 다시 받아 들었다.

개천 둑에 이르렀다. 외나무다리가 놓여 있는 그 시냇물이다. 진수는 슬그머니 걱정이 되었다. 물은 그렇게 깊은 것 같지 않지만, 밑바닥이 모래흙이어서 지팡이를 짚고 건너가기가 만만할 것 같지 않기 때문이다. 외나무다리 위로는 도저히 건너갈 재주가 없고…….

진수는 하는 수 없이 둑에 퍼지고 앉아서 바짓가랑이를 걷어 올리기 시작했다. 만도는 잠시 멀뚱히 서서 아들의 하는 양을 내려다보고 있다가

"진수야, 그만두고 자아 업자."

하는 것이었다.

"업고 건너면 일이 다 되는 거 아니가. 자아 이거 받아라."

고등어 묶음을 진수 앞으로 내밀었다.

"……."

진수는 퍽 난처해하면서, 못 이기는 듯이 그것을 받아 들었다. 만도는 등허리를 아들 앞에 갖다 대고 하나밖에 없는 팔을 뒤로 버쩍 내밀며

"자아 어서―"

진수는 지팡이와 고등어를 각각 한 손에 쥐고, 아버지의 등허리로 가서 슬그머니 업혔다. 만도는 팔뚝을 뒤로 돌려서 아들의 하나뿐인 다리를 꼭 안았

다. 그리고

"팔로 내 목을 감아야 될 끼다."

했다. 진수는 무척 황송한 듯 한쪽 눈을 찍 감으면서 고등어와 지팡이를 든 두 팔로 아버지의 굵은 목덜미를 부둥켜안았다[235]. 만도는 아랫배에 힘을 주며 끙- 하고 일어났다. 아랫도리가 약간 후들거렸으나 걸어갈 만은 했다. 외나무다리 위로 조심조심 발을 내디디며 만도는 속으로

'이제 새파랗게 젊은 놈이 벌써 이게 무슨 꼴이고. 세상을 잘못 타고나서 진수 니 신세도 참 똥이다 똥.'

이런 소리를 주워섬겼고, 아버지의 등에 업힌 진수는 곧장 미안스러운 얼굴을 하며

'나꺼정 이렇게 되다니, 아부지도 참 복도 더럽게 없지, 차라리 내가 죽어 버렸더라면 나았을 낀데……'

하고 중얼거렸다.

만도는 아직 술기[236]가 약간 있었으나, 용케 몸을 가누며 아들을 업고 외나무다리를 조심조심 건너가는 것이었다. ㉠눈앞에 우뚝 솟은 용머리재가 이 광경을 가만히 내려다보고 있었다.

---

235. 부둥켜안다는 두 팔로 꼭 끌어안는 것을 의미한다.
236. 술기는 술에 취한 기운을 뜻한다.

1. 만도와 진수가 서로의 부족함을 보듬어주도록 이끄는 소재를 찾아보자.

2. '외나무다리'의 상징적 의미와 작품의 주제를 생각해 보자.

3. 밑줄 친 ㉠에서 '용머리재'는 부자를 어떤 표정으로 내려다보았을까 상상해 보자. 또 작가가 마지막 문장을 이와 같이 처리한 까닭을 추측해 보자.

1. 하근찬은 「수난이대」를 처음 발표할 당시 (가)와 같이 썼다가, 1988년에는
   (나)와 같이 개작했다. 두 부분을 비교해서 살펴보고 어떤 차이가 있는지
   이야기해 보자.

   (가) "진수야!"
   "예."
   "니 우야다가 그래 댔노?"
   "전쟁하다가 이래 안 댔심니꼬. 수류탄 쪼가리에 맞았심더."
   "응 그래서?"
   "그래서, 얼른 낫지 않고 막 썩어 들어가기 땜에, 군의관이 짤라 버립띠더,
   병원에서예, 아부지-."
   "와."
   "이래 가지고 나 우째 살까 싶습니더."

   (나) "진수야!"
   "예?"
   "니 우짜다가 그래 댔노?"
   "전쟁하다가 이래 안 댔심니꼬. 수류탄 쪼가리에 맞았심더."
   "수류탄 쪼가리에?"
   "예."
   "음……."
   "얼른 낫지 않고 막 썩어 들어가기 땜에 군의관이 짤라 버립띠더, 병원에서예."

"……."

"아부지!"

"와?"

"이래 가지고 나 우째 살까 싶습니더."

2. 만도와 진수가 경험한 개인적, 역사적 사건으로 작품 제목의 의도를 생각
   해 보자.

파블로 피카소(Pablo Picasso)는 한국전쟁의 참상을 고발하기 위해 〈한국에서의 학살〉(The Massacre in Korea, 1951)을 그린 바 있다. 한국전쟁은 한반도 남북간의 전쟁이면서 동시에 미국을 비롯해 영국, 프랑스, 캐나다, 필리핀, 남아프리카공화국 등 세계 여러 나라가 관계한 국제전이기도 했다. 한국전쟁을 배경으로 한 세계문학을 더 찾아보고 소개해 보자.

5 현실비판과 참여:
김수영 「눈」, 「어느 날 고궁을 나오면서」

들어가기

〈김수영 시비〉

　인간은 역사적, 사회적 상황 속에서 현실과 밀접한 관계를 맺으며 살아간다. 시도 그 존재 기반인 현실 속에서 창작되고 읽힌다. 이때 중요한 것은 시인이 현실을 어떻게 인식하고 있는가이다. 여기서는 한국의 1950년대 중후반과 1960년대 시인의 현실에 대한 인식을 살펴보고자 한다.

1950년대 중후반 자유당의 독재와 1960년대 4·19혁명(1960), 5·16 군사쿠데타(1961) 등을 겪으면서 작가들의 현실에 대한 비판 의식은 높아졌다. 3·15 부정선거(1960)로 촉발된 4·19혁명은 한국 사회에서 민주주의를 가장 중요한 사회적 가치로 만들었다. 그러나 이듬해 5·16 군사쿠데타가 일어나고 쿠데타로 수립된 군사정권은 강압적인 통치를 하였다. 이렇게 한국의 민주화는 좌절되었다. 이러한 상황 속에서 시인들은 시로 부조리한 현실을 비판하고 현실에 참여할 것을 주장하였다. 즉 부조리한 현실에 대해 문학적 응전을 펼친 것이다.

그 중심에 김수영이 있었다. 김수영은 1960년대를 대표하는 시인으로 현실 참여 의식을 드러냈다. 그의 시 「눈」(1957)과 「어느 날 고궁을 나오면서」(1965)를 통해 그의 문학적 응전을 살펴보자.

눈

눈은 살아 있다
떨어진 눈은 살아 있다
마당 위에 떨어진 눈은 살아 있다

기침을 하자
젊은 시인이여 기침을 하자
눈 위에 대고 기침을 하자
눈더러 보라고 마음 놓고 마음 놓고
기침을 하자

눈은 살아 있다
죽음을 잊어버린 영혼과 육체를 위하여
눈은 새벽이 지나도록 살아 있다

기침을 하자
젊은 시인이여 기침을 하자
눈을 바라보며
밤새도록 고인 가슴의 가래라도
마음껏 뱉자

1. 다음 시어 및 시구의 상징적 의미를 생각해 보자.

눈	
기침	
젊은 시인	

2. 이 시는 1, 3연에서 '눈은 살아 있다', 2, 4연에서 '기침을 하자'를 반복하고 있다. 그것이 가져오는 시적 효과를 논의해 보자.

3. 이 시의 주제는 무엇인지 생각해 보자.

어느 날 고궁을 나오면서

왜 나는 조그마한 일에만 분개하는가

저 왕궁 대신에 왕궁의 음탕 대신에

50원짜리 갈비가 기름덩어리만 나왔다고 분개하고

옹졸하게237 분개하고 설렁탕집 돼지 같은 주인년한테 욕을 하고

옹졸하게 욕을 하고

한번 정정당당하게

붙잡혀 간 소설가를 위해서

언론의 자유를 요구하고 월남파병238에 반대하는

자유를 이행하지 못하고

20원을 받으러 세 번씩 네 번씩

찾아오는 야경꾼239들만 증오하고 있는가

옹졸한 나의 전통은 유구하고240 이제 내 앞에 정서(情緖)로

가로놓여 있다

이를테면 이런 일이 있었다

부산에 포로수용소의 제14야전병원241에 있을 때

정보원이 너스242들과 스펀지를 만들고 거즈를

---

237. 옹졸하다는 성품이 너그럽지 못하고 생각이 좁음을 의미한다.

238. 월남파병은 베트남 전쟁이 치열해진 1960년대 중반 미국의 요청에 의해 한국 병력을 베트남에 보낸 것을 말한다.

239. 야경꾼은 밤사이에 화재나 범죄가 없도록 살피고 지키는 사람을 말한다.

240. 유구하다는 아득하게 오래다는 의미이다.

241. 야전병원은 싸움터에서 생기는 부상병을 일시적으로 수용하고 치료하기 위하여 전투 지역에서 가까운 후방에 설치하는 병원을 말한다.

242. 너스는 영어 nurse(간호사)를 한글로 쓴 것이다.

개키고 있는 나를 보고 포로경찰이 되지 않는다고
남자가 뭐 이런 일을 하고 있느냐고 놀린 일이 있었다
너스들 옆에서

지금도 내가 반항하고 있는 것은 이 스펀지 만들기와
거즈 접고 있는 일과 조금도 다름없다
개의 울음소리를 듣고 그 비명에 지고
머리에 피도 안 마른 애놈의 투정에 진다
떨어지는 은행나뭇잎도 내가 밟고 가는 가시밭

아무래도 나는 비켜서 있다 절정 위에는 서 있지
않고 암만해도243 조금쯤 옆으로 비켜서 있다
그리고 조금쯤 옆에 서 있는 것이 조금쯤
비겁한 것이라고 알고 있다!

그러니까 이렇게 옹졸하게 반항한다
이발쟁이에게
땅주인에게는 못하고 이발쟁이에게
구청 직원에게는 못하고 동회244 직원에게도 못하고
야경꾼에게 20원 때문에 10원 때문에 1원 때문에
우습지 않으냐 1원 때문에

모래야 나는 얼마큼 작으냐
바람아 먼지야 풀아 나는 얼마큼 작으냐
정말 얼마큼 작으냐……

....

243. 암만하다는 이러저러하게 애를 쓰거나 노력을 들이다는 의미이다.
244. 동회는 지금의 주민 센터를 의미한다.

1. 1연에서 '왕궁', '왕궁의 음탕'의 의미를 생각해 보자.

2. 시에서 화자가 분개하는 대상을 찾아 적어보고 어떠한 사람들인지 논의해 보자.

3. 마지막 연에서의 화자의 태도는 어떤지 이야기해 보자.

4. 이 시의 주제는 무엇인지 생각해 보자.

1. 「눈」과 「어느 날 고궁을 나오면서」는 부정적인 현실에 대한 비판을 담고 있다. 내가 생각할 때 사회에서 정의롭지 못한 일들은 무엇인지 이야기해 보자.

2. 1의 내용을 바탕으로 「어느 날 고궁을 나오면서」의 1, 2연을 패러디(parody) 하여 시를 써 보자.

왜 나는 조그마한 일에만 분개하는가
(   ) 대신에
(   ) 분개하고
옹졸하게 분개하고 (   ) 욕을 하고
옹졸하게 욕을 하고

한번 정정당당하게
(   ) 위해서
(   )
자유를 이행하지 못하고
(   ) 증오하고 있는가

다음은 김수영의 산문 「시여, 침을 뱉어라―힘으로서의 시의 존재」(1968)의 일부분이다. 이 글을 읽고 시인 김수영의 시와 시작(詩作)에 대한 인식을 살펴보자.

시는 온몸으로, 바로 온몸으로 밀고 나가는 것이다. 그것은 그림자를 의식하지 않는다. 그림자에조차도 의지하지 않는다. 시의 형식은 내용에 의지하지 않고 그 내용은 형식에 의지하지 않는다. 시는 그림자에조차도 의지하지 않는다. 시는 문화를 염두에 두지 않고, 민족을 염두에 두지 않고, 인류를 염두에 두지 않는다. 그러면서도 그것은 문화와 민족과 인류에 공헌하고 평화에 공헌한다. 바로 그처럼 형식은 내용이 되고 내용은 형식이 된다. 시는 온몸으로, 바로 온몸을 밀고 나가는 것이다.

이 시론도 이제 온몸으로 밀고 나갈 수 있는 순간에 와 있다. '막상 시를 논하게 되는 때에도' 시인은 '시를 쓰듯이 논해야 할 것'이라는 나의 명제245의 이행이 여기 있다. 시도 시인도 시작하는 것이다. 나도 여러분도 시작하는 것이다. 자유의 과잉을, 혼돈을 시작하는 것이다. 모기 소리보다도 더 작은 목소리로 시작하는 것이다. 모기 소리보다도 더 작은 목소리로 아무도 하지 못한 말을 시작하는 것이다. 아무도 하지 못한 말을. 그것을⋯⋯.

---

245. 명제는 어떤 문제에 대한 하나의 논리적 판단 내용과 주장을 언어 또는 기호로 표시한 것을 말한다.

지문출처 및 참고문헌

I. 문학이란 무엇인가

1. 문학의 가치

작품 읽기 1. 김우창, 문학의 즐거움과 쓰임, 김우창·김흥규 공편, 문학의 지평, 고려대학교출판부, 1984, 4~7쪽.

작품 읽기 2. 김우창, 문학의 즐거움과 쓰임, 김우창·김흥규 공편, 문학의 지평, 고려대학교출판부, 1984, 10~13쪽.

더 알아보기. 영랑(김영랑), 모란이 피기까지는, 문학 3, 시문학사, 1934.4, 12쪽.

• 참고문헌

김영랑, 허윤회 주해, 원본 김영랑 시집, 깊은샘, 2007.

김우창, 김우창 전집 3–시인의 보석, 민음사, 2015.

이남호·오탁번, 서사문학의 이해, 고려대학교출판부, 1999.

2과 작가와 작품

작품 읽기 1. 심훈, 감옥에서 어머님께 올린 글월, 그날이 오면, 한성도서주식회사, 1949, 9~13쪽.

작품읽기 2. 심훈, 감옥에서 어머님께 올린 글월, 그날이 오면, 한성도서주식회사, 1949, 13~16쪽.

생각해 보기. 심훈, 그날이 오면, 그날이 오면, 한성도서주식회사, 1949, 49~50쪽.

• 참고문헌

심훈, 정종진 책임편집, 그날이 오면(외), 범우, 2005.

이태준, 임형택 해제, 문장강화, 창비, 2005.

구인환·윤재천·장백일, 수필문학론, 개문사, 1973.

C. M. 바우라, 김남일 옮김, 시와 정치, 전예원, 1983.

안네 프랑크, 홍경호 옮김, 안네의 일기, 문학사상사, 1995.

3과 작품과 시대

들어가기 이육사, 계절의 오행(4), 조선일보, 1938. 12.28, 5면.

작품 읽기 1. 이육사, 절정, 문장 2(1), 문장사, 1940.1. 126쪽.

작품 읽기 2. 이육사, 광야, 육사시집, 서울출판사, 1946, 65~66쪽.

• 참고문헌

손병희·김용직 편저, 이육사전집, 깊은샘, 2020.

문학이론연구회 편, 문학개론, 새문사, 2000.

II. 시의 이해

1. 시의 운율

작품 읽기 1. 김소월, 진달래꽃, 진달래꽃, 매문사, 1925, 190~191쪽.
작품 읽기 2. 김소월, 먼 후일, 진달래꽃, 매문사, 1925, 3쪽.
더 알아보기. 김소월, 초혼, 진달래꽃, 매문사, 1925, 164~165쪽.

• 참고문헌
권영민 엮음, 김소월시전집, 문학사상, 2018.
김준오, 시론, 삼지원, 2007.

2. 시의 심상

작품 읽기 1. 정지용, 향수, 조선지광 65호, 조선지광사, 1927.3, 13~14쪽.
작품 읽기 2. 정지용, 유리창1, 조선지광 89호, 조선지광사, 1930.1, 1쪽.
더 알아보기. 김기림, 바다와 나비, 여성, 조선일보사출판부, 1939.4, 18쪽.

• 참고문헌
김준오, 시론, 삼지원, 2007.
정지용, 정지용전집1, 민음사, 2009.
최동호 편저, 정지용 사전, 고려대학교출판부, 2003.

3. 시적 세계관

작품읽기 1. 한용운, 님의 침묵, 님의 침묵, 회동서관, 1926, 1~2쪽.
작품읽기 2. 한용운, 수의 비밀, 님의 침묵, 회동서관, 1926, 133~134쪽.
더 알아보기. 법정, 무소유, 현대문학, 현대문학사, 1971.3, 294~295쪽.

• 참고문헌
한용운, 한용운시전집, 서문당, 1976.

4. 시의 새로운 형식

작품 읽기 1. 이상, 오감도 시제1호, 조선중앙일보, 1934.7.24, 3면.
작품 읽기 2. 이상, 꽃나무, 가톨릭청년, 가톨릭청년사, 1933.7, 52쪽.
생각해 보기. 이상, 오감도 시제2호, 조선중앙일보, 1934.7.25, 4면.
　　　　　　이상, 오감도 시제4호, 조선중앙일보, 1934.7.28, 3면.
　　　　　　이상, 오감도 시제5호, 조선중앙일보, 1934.7.28, 3면.
더 알아보기. 김기림, 이상의 모습과 예술, 이상선집, 백양당, 1949, 1~8쪽.
　　　　　　김기림, 현대시의 발전(7), 조선일보, 1934.7.19, 2면.

•참고문헌

고봉민 외, 문예사조, 시학, 2007.

오세영 외, 한국현대시사, 민음사, 2007.

이상, 권영민 엮음, 이상전집1, 뿔, 2009.

III. 소설의 이해

1. 소설의 인물

작품 읽기 1. 이광수, 무정, 매일신보, 1917.4.26, 1면.

작품 읽기 2. 이광수, 무정, 매일신보, 1917.6.9~6.10, 1면.

생각해 보기. 이광수 무정, 매일신보, 1917.5.2, 1면.

　　　　　　　이광수, 무정, 매일신보, 1917.5.13, 1면.

더 알아보기. 이광수, 무정, 매일신보, 1917.6.14, 1면.

•참고문헌

이광수, 김철 책임편집, 무정−이광수 장편소설, 문학과지성사, 2005.

염상섭, 만세전, 고려공사, 1924.

2. 소설의 배경

작품읽기 1. 이효석, 메밀꽃 필 무렵, 조광, 1936.10, 295·297~298쪽.

작품읽기 2. 이효석, 메밀꽃 필 무렵, 조광, 1936.10, 298~299쪽.

더 알아보기. 이효석, 상하의 윤리, 문장, 1939.9, 171~172쪽.

•참고문헌

이효석문화재단 엮음, 이효석전집 2, 서울대학교출판문화원, 2016.

3. 소설의 시점

작품읽기 1. 주요섭, 사랑손님과 어머니, 조광, 1935.11, 44~45·46~47쪽.

작품읽기 2. 주요섭, 사랑손님과 어머니, 조광, 1935.11, 48~49·58~59·59~60쪽.

더 알아보기. 피천득, 주요섭의 문학과 생애, 동아일보, 1972.11.16, 5면.

•참고문헌

주요섭, 사랑손님과 어머니, 주요섭 소설 전집 1, 푸른사상사, 2023.

4. 소설의 해석

작품읽기 1. 황순원, 소나기, 신문학, 1953.5, 8~10쪽.

작품읽기 2. 황순원, 소나기, 신문학, 1953.5, 12~16쪽.
더 알아보기. 황순원, 소나기, 신문학, 19~20쪽.

• 참고문헌
황순원, 소나기, 학, 문학과지성사, 1981.
황순원문학촌 소나기마을 엮음, 소년, 소녀를 만나다, 문학과지성사, 2016.

IV. 한국문학의 흐름

1. 일제강점기 하층민의 삶

작품 읽기 1. 현진건, 운수 좋은 날, 개벽 48, 1924.6, 139~141쪽.
작품 읽기 2. 현진건, 운수 좋은 날, 개벽 48, 1924.6, 148~150쪽.

• 참고문헌
현진건, 이선영 책임편집, 운수 좋은 날(외), 범우, 2004.
현진건, 김동식 책임편집, 운수 좋은 날—현진건 중단편선, 문학과지성사, 2008.
현진건, 정주아 엮음, 운수 좋은 날—현진건 작품선, 현대문학, 2010.
이상섭, 문학비평 용어사전, 민음사, 2001.
히구치 이치요, 강정원 옮김, 꽃 속에 잠겨, 민음사, 2020.
루쉰, 김시준 옮김, 루쉰 소설 전집, 을유문화사, 2008.
라오서, 심규호 옮김, 낙타샹즈, 황소자리, 2008.
노신·욱달부, 장기근·이석호 옮김, 아Q정전·욱달부 걸작모음, 교육문화사, 1990.

2. 일제강점기 청년의 고뇌

작품 읽기 1. 윤동주, 쉽게 씌워진 시, 하늘과바람과별과시, 정음사, 1948, 50~51쪽.
작품 읽기 2. 윤동주, 별 헤는 밤, 하늘과바람과별과시, 정음사, 1948, 40~42쪽.
더 알아보기. 윤동주, 아우의 인상화, 하늘과바람과별과시, 정음사, 1948, 57쪽.

• 참고문헌
정우택, 시인의 발견 윤동주, 성균관대학교출판부, 2021.

3. 일제강점기 지식인과 노동

작품 읽기 1. 채만식, 레디메이드 인생, 신동아 33, 1934.7, 192~193쪽.
작품 읽기 2. 채만식, 레디메이드 인생, 신동아 33, 1934.7, 193쪽.

• 참고문헌
채만식, 한형구 책임편집, 레디메이드 인생—채만식 단편선, 문학과지성사, 2004.

이상섭, 문학비평 용어사전, 민음사, 2001.
장강명, 알바생 자르기, 아시아, 2015.

4. 한국전쟁의 상흔

작품읽기 1. 하근찬, 수난이대, 한국일보, 1957.1.1, 12면.
작품읽기 2. 하근찬, 수난이대, 한국일보, 1957.1.1, 12면.
생각해 보기. 하근찬, 수난이대, 산울림, 한겨레출판사, 1988, 26~27쪽.

• 참고문헌
하근찬, 하근찬 전집 1, 산지니, 2021.

5. 현실비판과 참여

작품 읽기 1. 김수영, 눈, 문학예술, 문학예술사, 1957.4, 98~99쪽.
작품 읽기 2. 김수영, 어느 날 고궁을 나오면서, 문학춘추, 문학춘추사, 1965.12, 20쪽.
더 알아보기. 김수영, 시여 침을 뱉어라—힘으로서의 시의 존재, 펜클럽 주최 문학세미나에서 발표한
　　　　　　원고, 1968.4.

참고문헌
김수영, 김수영 전집 1, 2, 민음사, 2016.
문학이론연구회 편, 문학개론, 새문사, 2000.
오세영 외, 한국현대시사, 민음사, 2007.

- 작품출처 -

김수영, 눈, 어느 날 고궁을 나오면서, 김수영 전집 1, 2, 민음사, 2016.
김우창, 문학의 즐거움과 쓰임, 김우창 전집 3, 민음사, 2015.
주요섭, 사랑손님과 어머니, 주요섭 소설 전집 1, 푸른사상사, 2023.
하근찬, 수난이대, 하근찬 전집 1, 산지니, 2021.
황순원, 소나기, 문학과지성사, 1981.

상상력을 키우는 한국 현대문학 입문

1판 1쇄 인쇄 2024년 8월 26일
1판 1쇄 발행 2024년 8월 30일

지은이 김경훤, 이종호, 임수경, 조은정
펴낸이 유지범
펴낸곳 성균관대학교 출판부
등록 1975년 5월 21일 제1975-9호
주소 03063 서울특별시 종로구 성균관로 25-2
대표전화 02)760-1253~4
팩시밀리 02)762-7452
홈페이지 press.skku.edu

ISBN 979-11-5550-642-4 93810

※ 잘못된 책은 구입한 곳에서 교환해드립니다.